全民微阅读系列

喊 一 嗓 子

马文利 著

江西高校出版社

图书在版编目(CIP)数据

喊一嗓子/马文利著. —南昌:江西高校出版社,2019.1

(全民微阅读系列)
ISBN 978-7-5493-7872-2

Ⅰ.①喊… Ⅱ.①马… Ⅲ.①小小说—小说集—中国—当代 Ⅳ.①I247.82

中国版本图书馆 CIP 数据核字(2018)第 237107 号

出版发行	江西高校出版社
社　　址	江西省南昌市洪都北大道96号
总编室电话	(0791)88504319
销售电话	(0791)88522516
网　　址	www.juacp.com
印　　刷	永清县晔盛亚胶印有限公司
经　　销	全国新华书店
开　　本	700mm×1000mm　1/16
印　　张	14
字　　数	180 千字
版　　次	2019 年 1 月第 1 版 2019 年 1 月第 1 次印刷
书　　号	ISBN 978-7-5493-7872-2
定　　价	36.00 元

赣版权登字 -07-2018-1246
版权所有　侵权必究

图书若有印装问题,请随时向本社印制部(0791-88513257)退换

目录 / CONTENTS

喊一嗓子　　　　/001

名师指标　　　　/004

误人子弟　　　　/007

等你二十年　　　/010

我只不过开开玩笑　/013

签字　/015

分房　/018

只为公平点　　　/020

儿子要结婚　　　/023

多放几个炮仗　　/026

随礼　/029

天落祸石　　/032

你的尾气不合格　/035

皈依　/038

较真　/042

球技　/045

急　/048

三个顺口溜　　　/051

等着你来开车门　/053

下来一笔扶贫款　/056

从六楼到六楼的六楼　　／059

一篇讲话稿子　　／061

对门儿　　／064

达标　　／066

局长的胃病　　／068

桥　　／071

门当户对　　／074

牛什么呀　　／076

烦恼　　／079

说话　　／081

热脸　　／083

瘾　　／086

一捆韭菜　　／089

父债子偿　　／092

人情　　／094

焦尾琴　　／097

的卢　　／101

卞和　　／104

秦昭王　　／108

嬴政　　／111

倔强　　/114

曹操　　/117

冤家对头　　/121

你闪开, 我来　　/124

枪毙　　/127

套路　　/130

蚂蚱　　/133

民工的智慧　　/136

最后的伴儿　　/139

谁家的清潭　　/141

一兜子鸡蛋　　/144

领救济来　　/147

且听下文分解　　/149

害人的传家宝　　/152

邻居　　/155

寡妇家的麻将摊　　/157

仙儿　　/161

打玉米　　/164

偿还　　/167

退亲　　/170

丢了一点　　/173

冬季的麦苗　　/176

忘了一句话　　/179

下雨　/181

石佛　/184

老享　/187

碾压　/189

跟你有关系吗　　/192

合适　/195

闭眼　/197

信不过　/200

平衡　/203

儿子的尊严　　/205

于小同的情感萌芽　　/208

山崖上有朵无名花　　/212

扔不掉的烧饼炉子　　/215

喊 一 嗓 子

妻子的表弟从山中来,到城里给一家餐馆打工。因为合适的房子一时半会儿找不到,便暂住在我们家。开始我还有些顾虑,担心他会搅扰了自己的生活。可我慢慢发现,他很懂事,挺有眼力的。比方说吸烟,他会打开窗户探出头,把烟雾吐在外面。每天他会早起,绝不肯在家吃饭,即使我们几次特意提前准备,他总推说,餐馆的饭不吃白不吃啊,然后溜走。他总晚归,不看电视,也不聊天,常常打声招呼便径直进自己房间熄灯睡觉。

为此,妻子感到不正常了。

这天等他回来,妻子生气地叫他出来,说,你老这么闷着,老这么见外,老这么不爱讲话,我们难受,你知不知道?

他苦着脸,支吾半天,才说,姐,我想家,不想干了!

咋?干得好好的,怎么忽然不想干了?妻子感到莫名其妙,问,莫非老板待你不好?

不是,姐,老板对我不错,又给我涨工钱了。

那,什么原因啊?莫非在我们这儿住不惯?妻子继续问。

也不是,姐,只是,我觉着憋得慌。他说。

憋得慌?那,你要怎样才感到不憋得慌?我接过话。

我,我想——喊一嗓子,痛痛快快地使劲地喊一嗓子!他说。

喊一嗓子?我瞅着他笑了,说,那还不容易!

真的?这会儿,我真可以喊一嗓子?在这儿,能像在我们山

里一样,那么随意、那么无拘无束地喊一嗓子?瞬间,他兴奋了。

我匆忙转移话题,问,你在山里经常喊一嗓子吗?

是啊,姐夫。比方说我感到憋闷了,会跑到山顶上去,很过瘾地喊那么一嗓子——现在,姐夫,我特想站到楼顶上,喊一嗓子,成吗?

这个,当然,我喘一口气,说,不成!

说完,我赶紧解释说,你想啊,现在什么时候?深夜!你深夜里一喊,别人还睡不睡?人家肯定认为发生什么大事啦。再说,这是居民区,上上下下,左左右右全是人啊!

他的神情黯淡下去了。

哦,我知道不成,他失落地低下头,说,一段日子,我抽空在城区转悠好几次了,想找个能喊一嗓子的地方,可哪儿也不合适。夜里不行,白天也同样不行。若我真不管不顾地喊一嗓子,那肯定所有人认为我有精神病!

哈,我笑了,我试图通过笑来缓解尴尬。

唉,太闷了!他叹着气,往自己的房间走去。

好办!要不你开车拉他出去,让他喊一嗓子?妻子突发奇想,对我说。

我犹豫片刻说,行,要真睡不着,咱这会儿就去!

好啊!他愉悦地应和着。

这样,在快进入子夜的时刻,我竟开车拉着妻弟驶向城外了。

到哪儿去呢?我想想,说,干脆,送佛到西天,干脆再走远点,找个有山的地方,让你切实感受在老家那种喊一嗓子的感觉。

太好啦!妻弟激动地叫起来。

离城四十里,有一孤山,山并不高,应属于太行山余脉吧。我知道它周边几里内尚未有人居住,还有路直通山顶呢。

约半小时后,到了山脚下。我望望黑黢黢的山,说,到啦,你喊吧。

妻弟走下车,说,那我去了,你耐心等!

我坐在车里,静待着妻弟那过瘾的一喊。

然而,好长时间,仍听不到。

我担心了:不会出什么事儿吧?

下车,我借着星光仰望山上。隐隐约约,似乎有晃动的黑影,却又似乎没有。正当我想喊妻弟时,妻弟的声音竟在山顶响起来。

他喊着:啊——

他大声喊着:啊——

声音粗狂、婉转、悠远、绵长,极具穿透力。

我听着,也深受感染,猛生出喊一嗓子的欲望了。我摸着山路登上去,开始回应他的喊声。

凑到他身边,我说,痛快了吧?过瘾了吧?

他说,痛快了,也过瘾了!你再让我喊最后一嗓子,咱即回!

哈,好,你尽管喊啊!我说。

想不到,妻弟这最后一嗓子喊得却苍凉异常,沉重异常。他喊的是——

换——香油——来哟!

这哪儿跟哪儿啊?我看过去,却见他早已然哭得泪流满面。

你怎么啦?我实在摸不着头脑,问,你不是痛快了吗?过瘾了吗?

他抹着泪,解释说,姐夫,是这样,这句是替我父亲喊啊,他老人家生前一直做换香油营生,喊了它大半辈子……

名 师 指 标

县教育局张局长给王校长打电话,说,明天,由市教育局高局长带队,要到你们光德中学听课。要求讲课老师一定是获得过名师称号的。因为你们那儿有两个名师,你务必做好准备啊……

听名师的课,什么目的呢?王校长问。

是这样,市里要从所有名师当中,选出学科带头人。张局长解释说。

王校长听了,愣了愣,说,选学科带头人?可是,张局长啊,您说,我们学校那两个能成吗?

咋就不成呢?张局长糊涂了,又问,咋就不成呢?

王校长提醒说,那两个怎么成的名师,您应该知道吧?一个是您的小姨子,一个是镇党委牛书记的夫人……再说,您小姨子成了名师后,早不教课多年了。牛夫人每周倒还上着两节课,可她那课,也实在不敢恭维啊。要是弄砸了,还不丢咱的人?

哦,那……显然,张局长也有点底气不足了,停顿了好一会儿,才说,已经上报了,也更改不了了。要不,你在学校里找个合适的老师代替,成不成?

成。合适的老师当然有的,比方说甄老师,在咱们县里很有名望的,已经连续几年取得县语文课中考第一的好成绩,教出了一届又一届品学兼优的好学生。他还在国家级、省级刊物上发表了很多优秀论文呢……

那行，就让他上！张局长说。

可他不是名师啊。王校长担心着，说，要是人家问起来咋办？

哈哈，也不一定会问，要是问，你不会编理由？张局长笑着说。

那学校里那个真名师牛夫人呢？要万一问起她，咋办？王校长继续担心。

哈，你想得倒周到，你不会先让她休假？……张局长点拨。

第二天，市教育局高局长真带着几个人来光德中学听课。

等听完了甄老师的课，高局长很满意。在评课的时候，他说，我今天听了一堂货真价实的名师的课，领教了名师的风采啊。讲得就是好！不仅体现了当前先进的教学理念，而且还颇具创新精神呢。名师就是名师，不愧名师称号……

甄老师听了，很惶惑，禁不住插嘴说：各位领导，我必须声明一下，别弄错了，我不是名师，更没有获得过名师称号啊！

什么？高局长诧异地望向王校长。

是这样，王校长赶紧打圆场，说，我们学校呢，有两位名师。只是一个，已经离开了教学第一线；另一个呢，很不凑巧，这几天又告了病假。所以，就只好请领导们来听甄老师的课了。甄老师呢，当下虽然还不是名师，可大家刚才已领教啦，他是我们学校要上报的名师啊……

原来只是个准名师啊！高局长听了，有些失落，可话锋一转，说，不错！你们学校堪称藏龙卧虎啊，准名师水平都这么高呢！

王校长赔着笑，说，甄老师的课如何，都有目共睹了。他早是我们学校，乃至我们县公认的名师啦，不过只是个名分问题嘛……

甄老师脸早红了，说，惭愧啊，别说名师了，学校里那么多高级教师,我二十多年了,还……

嘿嘿,甄老师谦虚啊,甄老师也会马上成为高级教师的!王校长打断了甄老师的话。

那一瞬间,小会议室里的气氛显得异常了。

这当儿,高局长说话了。他说,像甄老师这样不图名利、一心扑在教育事业上的好老师,我看早该是名师嘛!我回去后就破例给你们学校争取个名师指标,怎么样?

好啊,甄老师感激您,我代表学校也感激您啊。王校长说。

过了不久,还真下来个名师指标。

张局长又给王校长打电话。张局长说,这个指标给你们学校的宋迷人老师吧。

她?王校长才听说,这个宋迷人老师最近跟县里主管教育的副县长走得近,有人见她经常同副县长跳舞、喝酒……王校长想到这里,便猜到其中的来头了,说,可高局长说把这个指标给甄老师啊……

你是听高局长的,还是听我的?张局长的话语里透着硬度和火气。

我……当然听您的呀,您是我的直接领导嘛!可,我怎么向老师们交代呢?王校长的口气里显得为难。

你就说这个名师指标是戴帽儿的,只给教英语的。张局长指示着。

宋迷人老师倒是教英语的,但是教英语的里面她也不是最好,轮不到她的,那个刘老师李老师都比她要好呢。王校长说,如果处理不好,别人不服气会闹意见啊!

电话停了停,张局长的声音又传了过来,你木头啊,你可以添加别的条件,比方说,年龄三十岁左右……

范围虽小多了,可还不一定就是她呀。王校长说。

那再添加条件!张局长说。

添加……王校长拍着脑袋,总算想到了理由,兴奋地说,除非添加上:离异,女性。那就一定是宋迷人老师啦。

成啊,张局长满意了,说,就这样!

挂断了电话。王校长叹了口气,嘀咕着:甄老师啊,这名师指标,又跟你无缘啦!

误 人 子 弟

上学那会儿,青根本看不起黑。青每门功课都优秀,而黑呢,常常很多门功课不及格。

后来,青考上了师范。黑终止学业,靠着父亲的关系,直接到县城附近的一所中学教书。

等青毕业,竟也分到黑工作的学校当老师。这时候,黑在学校里已由民办老师转为正式职工,有三年工龄了。凑巧,俩人还分在了一个办公室,都教初中二年级历史。

青有时也感到不平的,发牢骚:我辛辛苦苦上了几年学,怎么跟黑一样命运呢?

黑上课,青去听。青听着听着,就皱起了眉头。

之后,青对黑说,你这样上课不是误人子弟吗?咱当老师的,无论如何也不能误人子弟啊!

黑望着青,见青鄙视自己,有些生气,反问,那你说我怎么上课才不误人子弟呢?

青对黑说,这样吧,我给你做个示范,你看我是怎样备课的,你再看我是怎样上课的。

行,行!我还真不服你,我还真要瞧瞧,看你如何讲出花儿来,看你如何教会那些愚笨的傻子!

黑撇着嘴,等青上课的时候,真就搬着个小凳子,坐到教室后面跟学生们混在一起了。

等下了课,青问黑,怎么样?有什么感受吗?黑说,你不就是提了些问题,启发学生们回答吗?你不就是在课堂上说了些课本上没有的东西吗?你不就是鼓捣了些小故事,逗引着学生们喜欢听吗?有什么更特别的呀?

青说,黑,我这堂课,确实没什么特别的,你不妨也如我这样试试啊?

我……黑尴尬地笑笑,抓着自己的头发,说,我还真学不来呢……

赶上县里举行期末考试。结果一下来,青负责的班级成绩名列第一,而黑呢,竟排在了倒数第一。

黑对青说,你呀真不够意思,干吗落我那么远啊?干吗显示你那么能呢?——不过,你也别太骄狂了,我教不好课,我会不教,这学校不会没有适合我的工作。

等放假回来,黑果然不教课了。他进了学校教导处,当起了干事。

再过了半年,黑被提拔为教导主任了。

当了教导主任的黑常常会搬把椅子听老师们上课,自然也会有模有样地听青上课。

听了课,要多多少少做点评论的。可黑不管听什么人的课,翻来覆去总那么三点:一、你得多启发学生啊;二、你得让学生对你的课感兴趣啊;三、你得突出重点啊。

对此,青虽然底下里会跟同事们把黑三点当成笑料谈,可还是会主动找到黑,摆出一副谦虚诚恳的姿态,让黑提意见。

这个时候,经过一段日子打磨,黑的理论水平简直有了质的飞跃,尤其是那三点,早变得越来越丰满,越来越出神入化,也越来越上高境界了。以至于黑一讲话就刹不住车般,一讲便讲一两个小时。青望着黑,暗暗感慨说,还是当官能锻炼嘴皮子!

学校里下来了高级职称指标,评来评去,结果黑捷足先登了。

为此,青愤愤不平,可谁让黑是领导呢?

黑拍着青的肩膀,鼓励着,青啊,你要努力工作,明年还有机会的!

为了明年的机会,青就尽力讨好黑,他会时不时请黑下馆子,过年过节还给黑送礼。

黑是叫吃就吃,能拿就拿,偶尔也说句客气话:见外啦,咱俩谁跟谁啊?有好事儿,我怎么会不记挂着你?尽管放心吧。

可职称指标终究名额有限,一连几年下来,终究没有轮到青。不仅职称轮不到青,学校里年年评的各种荣誉也和青不沾边。

而黑呢,志得意满了,什么先进工作者啦,什么记功奖励啦,什么评优晋级啦,什么优秀教育工作者啦……种种荣誉证书一大堆。

青郁闷,青咒骂,青自暴自弃,青赌着气说:以后,我再也不评什么狗屁职称了,我再也不追求什么狗屁荣誉了!

青开始懒散起来,青开始消沉起来,青开始把什么也看得无所谓起来。眼瞅着,青的教学成绩直线下降了。

这一天,黑代表学校找青谈话,黑认真而严肃地对青说,青

啊,你咋不求进步呢？你这样下去不是误人子弟吗？这怎么行呢？咱当教师的,无论如何也不能误人子弟啊!

你说什么？青听了,愣住了。他猛地想起当年他也曾对黑说过类似的话,这才猛醒般,懊悔地拍打着自己脑袋,说,是啊,我咋也误人子弟了呢？是什么使我变得也误人子弟了呢？

等你二十年

男人离婚后,喜欢上同单位的一个女孩。还不是一般的喜欢,而是那种魂不守舍、魂牵梦萦、神魂颠倒的喜欢。男人先是注意观察着女孩,试探着女孩。男人发现女孩似乎对自己也怀有好感,也有那种意思。但是女孩的年龄比男人小很多,差不多二十岁呢。为此,男人很苦恼。男人担心向女孩表白,会遭到拒绝。可不表白吧,男人又不甘心。犹豫来犹豫去,男人决定找机会和女孩谈谈。

这一天,凑巧碰上了一次机会。男人面对着女孩,便委婉含蓄地道出了对女孩的爱恋之情。说完了,男人内心汹涌地等待着女孩的答复。

女孩看着他,笑了,笑得还挺纯真。女孩这一笑,搞得男人无所适从了,一时间,他的脸红了,尴尬至极。

女孩轻轻地说,我只是担心,咱俩年龄差距这么大,家里人会不同意……

哦,你只是担心家里人？男人听了,眼睛里闪出光亮来,说,你的意思是你能接受我？

女孩望着他，点点头，说，我以为找比我大些的丈夫好啊。那样，我会没有压力，总感觉自己年轻呢！只是我担心……我听听家里人意见，行吗？

又过了几天，女孩对男人说，不行的，我一提出来，家里人就炸啦，没一个赞成的。我父亲说除非……

除非什么？

除非你有办法年轻二十年！

男人一下子彻底泄气了。

偏偏，在第二天的报纸上，男人看到一则广告，说某科研单位有一项新发明刚获得了世界专利。这项新发明的最大特点是，可以使人的生命停滞在某一个点上不变化。比方说，某人得了不治之症，当下又没有特效药，怎么办呢？可以先把他冷冻起来。等有了治疗的方法以后，再用特殊办法解冻。被冷冻的人想冻多长时间就冻多长时间，冷冻的肉体在被冻期间，会维持在固有状态，不发生任何变化。但不管冻多长时间，一旦解冻，被冷冻的人还如若干年前一样鲜活。

男人已失落的心仿佛又见到了希望的光芒。他斟酌再三，决定去实地考察一下。

男人坐了几天几夜火车，几经波折，才总算找到了这家科研机构。男人问工作人员：广告上的，是真的吧？

当然！人家回答说。

我要是被冷冻二十年，二十年后会怎样？男人又问。

哈哈，我相信二十年后，你一定还是现在这个样子！

哦！男人想，二十年后，我还是这样，而那个女孩却老了二十岁了。那时候，我们不是年龄相当了吗？

男人准备尝试这个科研成果了。在尝试之前,他又去见了见女孩,把自己的决定说给女孩听。

女孩惊诧地瞧着男人,说,真有这样的事儿?真可以通过这样的方法使人年轻?

试试吧,为了能和你在一起,我无论如何都要试一下。男人说。

女孩挺感动。女孩说,想不到你这么爱我呢!好啊,倘若那样,二十年后,我们的生理年龄和心理年龄也没什么差距了,我还有什么理由不嫁给你呢?

几天后,男人到了那家科研单位,怀揣着对二十年后的美好向往,毅然走进了冷冻室。

日夜如梭,光阴似箭,二十年竟悄然过去了。

这一天,男人醒来了。醒来的男人缓慢地恢复了记忆,他望着鸟语花香的世界,感觉自己只不过睡了个长觉而已。现在,仿佛哪儿都是新鲜的,哪儿也是陌生的。男人想起了女孩,寻思着,二十年过去了,当年的女孩变成什么样子呢?她还那么美么?她还守着当年的承诺吗?

男人决定马上去找女孩。

男人凭着记忆寻到了女孩的家乡,打听着女孩的情况。

女孩的亲友们告诉他说,女孩在几年前就已经走了。

走了?去哪儿啦?男人很有些失落,问。

好像去一家什么科研机构了,据说那家科研机构能冷冻人……

哦!男人兴奋了。男人想,原来她心里有我呢,原来她牵挂着我呢!要不,她怎么会去看望我呢?我这二十年的等待啊,值!

男人没有多停留,重新回到自己被冷冻了二十年的地方,见到了经营冷冻业务的科研人员。

这里的科研人员全忙碌着,因为来办理业务的人太多了。男人经过几番查询,才搜索到了有关女孩的情况。

原来,女孩也早被冷冻起来了!她的委托代理人说,跟她签的合同是,冷冻五百年。因为她想在五百年后,还像若干年前一样年轻!女孩的委托代理人还转交给他一封信,信是女孩写给他的。女孩在信里说,你爱的是比你年轻二十岁的我啊,倘若我不年轻了,你又怎么会还爱我呢?

我只不过开开玩笑

明天省里的检查团要来光德中学了!县教育局张局长陪着市领导先行来到了光德中学督导视察。

在学校的甬路上,市领导走着看看,看着走走,忽然在横挂的一块牌子前止住了脚步。他指着其中一个字,颇认真地说,错了!这个字错了!

错了?搞得光德中学的王校长一头雾水,哪儿错了?

这个"尊敬师长"的"尊"字错了,这个"尊"应该带走之底!你想想遵守师长定的规矩才是敬啊,师长说的话不折不扣地遵照执行才是敬啊。是不是?市领导微笑着说。

对!对呀。张局长反应很快,他悄悄把王校长拉到一边,说,这"尊"字怎么可以弄错呢?多么可笑?王校长,今天下午天黑之前,你务必把它改过来!

瞬间，王校长真蒙了。他想，怎么会出这档子事儿呢？弄牌子的人怎么会这么马虎呢？挂牌子的人怎么也没注意呢？这牌子在校园里存在这么久，老师同学们怎么谁也没发现呢？

好，好，领导让改咱就改！

市领导一走。王校长赶紧把教过语文的张老师招来，吩咐说，咱牌子上的"尊"字写错了，你快把它改好！

张老师不敢怠慢，就来到那个"尊"面前。他左右上下看了好半天，也没有发现什么问题，只好回到王校长那儿，说，那个字哪儿错了？

王校长笑着，说，市领导县领导都说错了，那肯定错了！

这时，电话响了。是县教育局局长打来的。局长第一句话就是:那个牌子改过来了吗？明天省领导们就到了呀！

王校长说，正改呢，谢谢领导重视啊……

放下电话，王校长在桌子上用手比画着，说，好像应该是这个"遵"。

这个？张老师愣了片刻，说，我也拿不准了，要不咱去问问语文组的老师们？

王校长说，还用问？肯定错了！

俩人还是来到了语文教研组。

一把问题亮出来，十几个语文老师异口同声，说，就是这个不带走之底的！就是！其中一个还翻开字典，找出了"尊敬"一词，说，这不明摆着证据嘛！

可领导怎么说错了呢？王校长望着大家。

老师们面面相觑。其中一个老师很聪明地说，也许这个词又有新规定了吧？字词也在发展变化嘛，比方说……

从语文组出来，张老师追着问王校长，还改不改呢？

王校长犹豫片刻,终于做出了决定:改!领导让改咱就改!

张老师说,好吧,你让俺改俺就改!

第二天,省领导来了。市领导、县领导也陪着来了。在参观校园环境建设时,省领导走在校园里,凑巧也注意到了那块牌子。

省领导盯着墨迹未干的"遵"字,用商量的口吻说,怎么会是这个字呢?弄错了吧?

错了?市领导盯着县领导,县领导盯着王校长……

事后,市领导气呼呼地直接给王校长打电话,问,谁让你们改的?谁让你们改的?我当时只不过开开玩笑嘛!

签　　字

这一年,局长的儿子明八岁,刚上小学二年级。局长很喜欢明,有什么好事儿都想着他。比方说,赶上饭局,局长会尽量捎带个明喜欢吃的菜回家。方便时候,局长还会带着明一块儿去赴宴。

吃完了,局长大声喊着,服务员,来,签字!

回家路上,明就问局长说,爸,签了字,就可以吃饭啊?

局长笑笑,得意地对明说,当然,因为你爸是领导啊!

哦,当领导真好!明感叹着,以后,我也要当领导。可是,明心里还有点不明白:签个字谁不会啊,为什么非要当领导呢?

一个星期六的傍晚,下着小雨。局长又打来电话,让明打着伞赶紧下楼等着,车路过时会捎上他。电话里,局长问明,儿子,你知道干什么吗？明欣喜地回答说，知道，我最喜欢吃签字的饭啦！

一连几次在同一个大酒店里去，明就对大酒店的情况熟悉了。

有段时间，局长外出学习了，明的妈妈中午也不回家。明只好在学校的食堂里吃。明哪里受得了食堂里的清汤寡水呢？这天中午，明竟尝试性地带着几个同学，径直闯进大酒店来了。进了雅间，坐好了，明主人一般张罗着给同学们要饮料、点菜、要饭。

满满一桌子菜摆上来了。同学们都很惊慌，问明，咱哪有钱啊？

别管，别管！明大大方方地说。

等吃完了，该离开了，明也学着局长的样子，高声喊着，服务员，来，签字！

明跟着局长来过几次了，服务员认识明的。但服务员哪敢做主啊？她赶紧找饭店经理汇报，局长的儿子带着人吃了饭，嚷着要签字呢！

经理愣了愣，笑了，说，让他签吧，莫非咱还怕吃吗？子债父还啊！

当明在餐单上歪歪扭扭签完自己的名字，还红着脸说，阿姨，我写的字还行吧？

走出大酒店，明心里美啊：有什么呀？不就签个字吗？我也行呢！

明的同学们羡慕明，夸赞明啊，都说，明啊明，你真了不起！

这以后，明禁不住同学们的吹捧，又悄悄地领着同学们去过饭店许多次。

到了年底，在一个漫天飘雪的日子，饭店的老板拿着欠条找局长来算账了。

咋这么多？局长傻眼了。局长回想了半天，感觉里面有出入，说，我那些天都外出了，怎么还会吃呢？

啊，是这样……老板不慌不忙地，一五一十地说清楚了。

啊？局长傻了，也急了。局长气得骂着，这小王八羔子，怎么敢这样呢？局长转头又对着老板骂，说，我儿子只不过是个小孩子，你怎么可以让他签字呢？

等冷静下来，局长竟不由得惊出了一身冷汗。他拍着自己的脑袋，暗说，坏了，问题严重啊，这不把儿子带坏了吗？这更会产生怎样的影响啊？

终究，局长是精明的，决定补救。局长对老板说，这样吧，谁吃的谁算账！我儿子也一样，让他给你算！

很快，明就随着局长的司机高高兴兴地来了。

明见到了局长，凑到跟前，说，爸，是不是又要吃签字饭啊？

局长沉着脸，瞪着眼，问，你还没吃够？你不光自己吃，还带着同学们吃，有这样的事儿没有？

明见有酒店的老板，只好点头说，爸啊，上他那儿吃饭，不光您签字行，我也行的！我实验过多次啦……

哦，那，现在人家来要钱了，你给人家算吧！局长厉声说。

签了字还……还要钱啊？明瞅瞅父亲，再瞅瞅酒店老板，蒙了。

没钱？没钱你怎么敢签字呢？局长拍起桌子，呵斥着。

局长这个样子，明并不怎么害怕。他沉默着，好半天，才辩解：您不是说，领导可以签字吗？

明说完，差点没把在场的仨大人逗乐了。

局长尽力压住火气，问，你签字，你是领导吗？

是啊,明狡黠地翻着眼珠儿,骄傲地说,我在班里,是副班长,同学们也称呼我领导!

你,你,局长气得连嘴唇也哆嗦着,说,你这领导,管钱吗?人家那饭,是要钱的!说着说着,局长不由得站起身来,抡起了巴掌,做出要打的姿势。

岂料,明依然很淡定,瞅着局长说,爸啊,您别冲动,我怎么不管钱呢?——我这就给我妈打电话,命令她把钱送过来!

分　　房

厂里出资盖的两栋新楼竣工了。这天上午,召开了分房会。会上,领导宣布了分房方案:退休的老领导、老职工先挑,然后依次是一线职工、二线职工、普通干部,最后才是厂领导。讲完了,厂领导又笑着补充说,房子数量足够,大家无须担心分不到房。实在不够了,厂里还会想办法。希望大家发扬风格,遵守规定,按条件挑选,按规定交钱……

开完会,常浩老头刚回到拆迁以后临时搭建的简易房里,儿子常河就追过来。常河说,爹啊,按分房方案,您可排在第一序列前面,咱可得好好挑选啊。

常浩老头笑笑,说,咱不挑,让别人先挑,咱最后再说!

咋?常河一脸惊讶。

咱发扬风格行不行?咱跟着领导走,领导最后咱也最后!

您啊,退这么多年,还拿自己当领导啊?清醒点吧,早不是领导啦！好不容易有这么个挑选机会,不能白丢掉啊!

你想过没有,咱不应该要这样的机会？领导发扬风格咱也该发扬风格！常浩对儿子说。

嘿,少有！常河一脸不高兴,嘟囔着走了,出门时,还气呼呼地用力甩了下门。

常河走了没多久,女儿常燕来了。常燕说,爸啊,我刚听常河说了,这事儿,咱可别犯傻！这是实际利益,这是……

别这啊那了,看远些好不好！常浩显出不耐烦,挥手说,听我的没错,咱不挑!

嘿,真少有！女儿常燕生气嘟囔着走了,出门时,也气呼呼地甩了一下门。

常浩望着女儿的背影,皱皱眉,摇摇头,然后从柜子里拿出茶叶,沏茶。

这时,领导的电话来了。领导电话里说,老领导,您排最前面,选好了吗,要哪套？

哦,让人家挑,我最后,向你们领导们学习！

好,您的境界就是高！领导夸奖着。

哈哈。

分房工作进行得很顺利。三天后,除了常浩和领导们,其他职工们都欢欢喜喜地拿到了钥匙,更有麻利者,已忙乎着装修了。

得,这下好了,您的远见呢？仍是那间简易房里,常河和常燕联合着向常浩老头发泄着不满,说,现在,连边边角角也没了,您只能长期住这儿啦!

哈,常浩老头依旧笑呵呵地说,我住这儿,领导们不也住这儿吗？有什么不平衡啊？

嘿,你就跟领导比吧！俩人闷闷地再次甩门离开了。

转眼,过去半年。谁料想,紧靠着那两栋新楼东边,竟噌噌噌地再起了一栋楼。

等这栋楼竣工那天,人们才发现,敢情它建得那么好:楼层数少,质量更高,结构更合理,里面更亮堂更宽敞……

职工们羡慕得不得了,忽然明白些什么……

不必说,这次,以前没分到房子的都有了入住资格。自然,也包括常浩在内。

以后,人们再见到常浩,便竖起大拇指,说,您啊,有远见,实在有远见啊!

只为公平点

贾老师来到了交警队违章处理中心。还好,不用排队,里面冷冷清清,只有两个工作人员。贾老师递上自己的行驶证,说,烦请查查我在哪儿违章了……

片刻,交警队的同志就给了结果,电力大厦!

电力大厦?怎么违章啦?贾老师挺困惑。

工作人员已然笑着把电脑转向了贾老师。照片上清清楚楚,容不得你狡辩耍赖的:自己的车,没错,正在刚过了的路口处拐弯逆行呢!

贾老师当即记起来了。那回紧着去上班,刚过了这个路口,猛想到有重要资料落在家里了,见前后没人,便拐了弯。真没想到会让电子眼扫上了呢……

那怎么处理呢？贾老师心服口服，问。

一次罚款二百元，那边交去！工作人员一指。

谁让自己违章呢？谁让自己栽在人家手里呢？就当花钱买教训，交吧！可贾老师忽然又嘀咕起来，问，以前不是交银行吗？

你愿意交银行吗？工作人员冷冰冰地瞧他一眼，说，你到银行去交也行！

哦，不，不，当然这儿方便啊！贾老师说着，掏了罚款。

开车刚出交警队门口，凑巧，就碰上老同学张宝了。贾老师问张宝，你来这里干什么？

张宝说，还不是车辆违章的事儿？我有三十几个违章啊！

三十几个？天啊，我一个逆行都罚二百，你得交多少啊？贾老师感叹着。

哈，那倒未必，这不，我让我表哥给他们打了个电话，就全注销啦！张宝说，口气里显着得意。

啊？还可以这样吗？贾老师震惊了。

你傻了吧？你不找找关系，掏那钱，不窝火啊？再说，正好我表哥管着他们呢！哈哈。——走吧，咱俩一块走！

嘿！人家三十几个违章，一个电话就完事了，我只一个就交二百块钱？贾老师禁不住气闷了。

贾老师和张宝同路。本来，贾老师的车在前面，张宝的车跟在后面。行到一个十字路口，遇上了红灯。贾老师站住了。后面的张宝却不管那一套，从贾老师旁边超过去了不算，还炫耀般地鸣了两声喇叭。贾老师听出来了，人家是在嘲讽自己：你咋那么循规蹈矩呢？

可没办法啊。贾老师知道的，闯一次红灯罚款一百元呢。

贾老师继续等待绿灯出现。这时，竟又有一辆车从他身边溜

过去了。怎么回事儿？仔细一看，明白了，敢情人家没挂车牌！

他奶奶的！何必在乎这点时间呢，莫非赶着进火葬场吗？贾老师别扭着，更感到不公平，不由得骂了句。

到了晚上，有同事找到贾老师。想请贾老师的车做喜车，明天随着接新媳妇去。

好事儿啊，当然没问题！贾老师答应得很痛快。

第二天早晨四点多一点，贾老师赶到了同事家。临去新娘家，人家为图喜庆，还给贾老师的车前车后贴上了喜字。嘿，那又红又发光的喜字，刚好遮住了整个牌照呢。旁边就有人说，这样，就不怕闯红灯了啊！贾老师听了，笑了笑。

天才微亮，贾老师接新媳妇的任务就完成了。贾老师对同事说，我回家再补会儿觉啊。

从同事家出来走不远，正遇到了红灯。习惯性地，贾老师停住了。这时，贾老师忽然想起自己的车牌照还被红喜字遮着呢，胆子便大了，便让一种怪想法支配着冲动起来了。贾老师没有等到绿灯亮，就从这个路口闯过去了，到了另一个路口，也毫不犹豫地闯过去了。一连五六个路口的红灯都被他闯过去了。

很快，车来到了电力大厦那儿。蓦地，交罚款时的情景闪现在贾老师的脑海中，使他纠结起来了：凭什么人家违章三十几次，只一个电话就完事呢？凭什么我一次违章就要交二百呢？就因为我没有关系吗？就因为我没找关系么？不公平啊，太不公平啊！

本来，贾老师的车已然开过去了，可他却又拐了回来。拐回来了，却又开了回去……如此反复。贾老师感觉似乎畅快了，似乎平衡了！他嘟哝着：他奶奶的，这样平均平均，总该公平点了吧？我只想公平点啊！

贾老师愣神的片刻,有一辆车从他车边掠过去了。那司机伸出头来,冲着他喊,你他妈喝多了,还是神经病啊?

我?贾老师清醒了。我这是在干吗呢?我这么做,不浪费汽油吗?不危险吗?难道这样真能公平?贾老师感到自己太可笑。

到家,停了车。

哎,是什么使我昏了头呢?贾老师一反思,就把责任全怪罪到遮住车牌照的喜字上了。全怪它们!没有它们我会那样吗?

贾老师决定马上撕掉它们。

谁知,等贾老师来到了车后面,他只瞅了一下,脑袋"嗡"地大了:唉呀,怎么后面的喜字早不见了呢?

我刚才岂不是……贾老师傻眼了,彻底傻眼了!

儿子要结婚

男人通过网络结识了同城一个异性相好。开始,俩人只是在网上视频瞎聊。可越聊越投入,越聊越深入,一段时间以后,俩人竟偷着幽会了。自然,偷着干的事儿刺激,上瘾呢。

终于有一天,事情败露,被女人堵住门,捉奸在床了。

女人等清醒眼前发生了什么事儿,气得半天说不出话来。男人的相好趁这工夫,慌慌张张地穿好了衣服,又紧着溜下床,不想错把女人的一只鞋子趿拉上了,看都不看就紧着往门外逃。

女人本来不准备追的,可见自己的鞋子被穿走了,岂肯依饶?她猛追出去,拽着,打着,骂着。

男人力气大,硬生生地把她拎进家门来。男人估摸着相好走远了,才放了手,心虚地对女人说,还要不要脸?

还要不要脸?这句话顷刻间就把女人激成了泼妇样,她歇斯底里地喊着,还要不要脸?我该问你啊,你还知道要脸啊,你们他妈要脸会这样啊?女人不管不顾地大吵大闹起来。

男人怕了,他担心丑事儿被邻居们知道,他更担心捅出去再被自己单位的人知道。

怎么办呢?怎么办呢?男人急中生智,尽力压低声音,说,行了,你喜欢折腾就折腾吧,可咱儿子要结婚了,要是让亲家知道了,那……

这话真奏效了!

女人如刚鼓起来的气球,刚要腾飞,不料却被针刺破了一样,片刻瘪了;又像厚厚的乌云,即要下雨,不想猛不定刮过一场大风,当即没了踪影。女人想,是啊,这事儿要是让未过门的儿媳妇知道了,那才真正恐怖呢!唉,女人叹口气,不吵了,不闹了。剩下来,她便只是哭,哭,哭。

这事儿却没有完。

不久,偏偏又让男人相好的男人知道了。男人相好的男人不肯善罢甘休。一天晚上,他揣着菜刀狠狠地敲响了男人家的防盗门。

等女人打开门,看到横眉立目的男人相好的男人,吓傻了。男人相好的男人厉声喝道,你当家的呢,让他滚出来,我非宰了他不可!

女人愣怔了半天,总算梳理清楚了来龙去脉。女人知道这时候更应该理智面对风险才对。她壮着胆子劝着男人相好的男人,说,兄弟啊,不必这样吧?事儿反正也是出了,你杀了他莫非就没那事儿了？你不惹了人命官司？这样,咱还是想想怎么善后吧,咱堤内损失堤外补行不行？咱精神损失金钱补行不行？

男人相好的男人瞧着女人,沉闷了好一会儿,也好像痛苦地想了好一会儿,才总算开了口,说,大姐说得也是,就依你,让你家那杂种赔五万块钱,咱就了事！

五万块？女人愣愣,挺勉强地苦笑,说,好说好说,有了价码就好说啊……

赶上男人家不缺钱的。女人走进内屋去,转眼拿出了钱。

男人相好的男人卷好钱,塞满了口袋,要出门,却留下话说：要不是我儿子要结婚了,今儿非要了他人命不可！

哦,你是说因为你儿子要结婚了,才肯这样饶了他？女人显得有点吃惊,问。

男人相好的男人点点头说,人要脸,树要皮,事儿闹大了,也怕影响不好啊！

相好的男人走了,男人才敢冒出来。男人感激地瞧着自家女人,嬉皮笑脸地讨好说,谢谢啊,多亏您老人家宽宏大量,多亏您老人家肯破财免灾呢！

这次女人没有吵,没有折腾,女人只是小声地说,要不是人家儿子要结婚了,人家才不肯饶恕你！要不是咱儿子也马上要结婚了,我非让他要了你的命！

故事应该彻底结束了吧？没有。

你想,出了这样的事儿,女人心里会好受吗？她不甘啊,不平衡啊,委屈啊。

于是,女人也开始上网,也开始聊天了。聊天的时候,女人尽情诉说着自己的苦闷和痛楚。岂料,聊着聊着,就跟同城的一个异性也好上了。

偏偏,时间不长,女人的事儿也败露了,被男人堵住房门,捉奸在床了。

男人火气更盛,更会虚张声势。他右手也提了把菜刀,盛气凌人地嚷嚷着要杀奸夫淫妇呢!

女人盯着也横眉立目的男人,一边穿好衣服,一边不慌不忙地走到男人身边,小声说,咱儿子过几天就要结婚了啊,你还不快走,嫌丢人现眼不够啊?

嘿,再看那男人,如遭了重创般顷刻丢了精气神,已乖乖蹲缩在地上了。

多放几个炮仗

听到办公室外面的说话声,贾老师禁不住透过窗玻璃向外望,就看到了一张颇熟悉的脸。"那张脸"正跟一个同事说着话呢。这不是上初中时的同学孟……孟什么吗?贾老师使劲想这位同学的名字,偏偏无论如何也记不起来了。说同学其实还不是一个班的同学,不过是一届,算"叔伯"同学。贾老师想,"叔伯"同学也是同学啊,人家来到自己单位了,总得见个面说句话吧。

贾老师拉开门就出来了,冲孟同学"啊"了声,然后微笑着伸出了手。孟同学瞧着贾老师伸出的手,犹犹豫豫地握住了。彼此介绍了几句,彼此问候了几句,俩人才显得亲近热乎起来。孟同学说他在一个中学里当副校长。贾老师便问孟同学,你今儿来我们这儿有事吗?

孟同学说，是这样，这个月的阴历十七，也就明天，我要进新房了，我来给你这个同事——我的好朋友送请柬来了。我真不知道你跟他也一个单位呢，刚好碰上你啦，也邀请你去喝酒啊……

哦，贾老师说，好，我一定去。

之后，孟同学就走了。这时，贾老师懊悔了，感到很不得劲儿。贾老师想，我这不是没事找事吗？你说我出去见他干吗？我不出去见他，他也不会把进新房的消息告诉我。他不告诉我，我哪儿知道他进新房？我绝对不会去。我怎么会破费礼钱呢！想到礼钱，贾老师满肚子牢骚呢。一段日子里，单位里结婚的一个接一个，孩子过满月或者升学的一个接一个，进新房的更是一个接一个。尤其是，现在水涨船高，楼涨礼高。算一算，今年差不多两个月的工资已经进去了，都在觥筹交错之间喝没了呢。

凑巧碰上了，凑巧自己还主动说话了，凑巧赶上人家要进新房了。唉，现在再不去那就不够意思啦，再不去若再碰面就更别扭啦，再不去万一以后有事求人家就不好意思开口啦。

下班回到家，贾老师心里还为这事儿窝火呢。他跟妻子商量，要不，咱也安房？

安房？妻子惊奇地看着他，你神经错乱啦？咱才住了两三年啦，人家不笑话咱？

住了两三年怎么啦，咱不是一直没有安房吗？贾老师说。

没安也不安！太麻烦，得买这个买那个的，还得联系酒店，还得通知人家……反正事情太多，耗费精力太多。有那闲工夫还不如多看会儿电视剧呢！贾老师的妻子说。

可你看看人家，都时兴安房呢！只咱不安房，只咱光出不进，咱不太亏啦？贾老师继续撺掇说。

那也不安房！妻子态度很坚决，说，咱绝不随波逐流，咱绝不

跟着人家学……

可是……贾老师还想说什么。

可是什么？眼红人家，你也当领导啊！你看看搞安房之类排场的不多是领导吗？咱平头百姓搞那个有啥意思？妻子揶揄着说。

也是。贾老师才不言语了。

第二天，贾老师口袋里装着二百块钱来到了孟同学指定的大酒店。

上礼时，贾老师见自己前面有人上了一百元，便也随着上了一百元。

等看着自己名字写好了，贾老师才闪到一边去，点着了一根烟，等着宴会开始。猛地，贾老师便想起上次宴会上的事情来。那次，酒席要散，桌子上还有盒只抽出了两根的烟在，贾老师本来早盯着的，可在他伸手的瞬间，却让手快的给抢走了。一盒烟也十来块钱呢，贾老师想，今天要是有机会，得早下手啊。

这时，大酒店门口鞭炮声响了。炮声一响，自然就把贾老师的注意力吸引了过去。别看贾老师四十多岁了，还喜欢放炮呢。每年过年，贾老师都买几百块钱鞭炮。他尤其喜欢那二踢脚。

看着别人放炮，贾老师眼馋，便凑过去了。他见到旁边的纸箱子里还满着，便顺手拿了几个，也放开了。他把一个蹲在地上，点燃了，"咚"的一声，那二踢脚径直蹿向蓝天里了。

听着清脆悦耳的声响，望着空中四散的硝烟和飘落着的纸屑，贾老师仿佛又回到了过去的时光里，他心花怒放。

不放白不放啊，放了也白放啊。放得越多，主家才高兴呢。贾老师说，主家高兴，咱也高兴呢。嘿，挺过瘾的，多放它几个吧。

很快，二十几个被贾老师报销了。

贾老师,开席啦,入席吧!孟同学亲切地催促着。

好的,我再放一个就去!贾老师把"一个"说得很重,似乎这"一个"很重要一般,似乎放了这"一个"贾老师才找到了某种平衡。贾老师想,多放一个炮仗,也算多找回两块钱呢!

一年后,贾老师的这位孟同学,竟调到贾老师任教的学校当校长了。在孟同学上任那天,贾老师暗暗庆幸着:幸亏那天给他安房了呢,幸亏那天多放了他几个炮仗呢!

随　　礼

我揣着从妻子那儿要来的三百块钱走向金光大酒店。

金光大酒店里,今天格外热闹。

进门瞬间,我发现张小舟校长正走上二楼。虽然只瞧到了背影,可毕竟能判定了:不会错的,就这里啦。

十天前,张小舟校长就提前打电话通知了大家,说在阴历七月十七,也就是今天,在金光大酒店安房。当然,校长通知的时候讲得很委婉,他说,赶在暑假里,大家闲着也是闲着,不妨聚聚,来热闹热闹吧。

我在楼梯口刚要上楼,却见那里摆着张桌子,有人登记,收着礼钱。上礼的人很多,一个刚走,一个又来。人们排着队,如同前几年在车站挤着买票一样。我想,还是先上礼吧,省得记挂着这事。等轮到我了,我看了看账面,见一个同事的名字刚好趴在单子上,右边还赫然记着显眼的数字:300元。300元?嘿嘿,看来人们真舍得下本呢。以前类似情况,通常可都送50元的,怎么到了校长这里就悄然变了调?哎,我暗暗憋了一口气,心想,你三百,我也随这数吧。稍做犹豫,我便也把口袋里刚焐热的三百块钱悉数掏出,递上去。递上去了,又感觉有点不放心,还盯着人家把自己的名字写上,才要离开。

不承想,早有负责照顾客人的人招呼我了。有人见我交了钱,便向我打手势,领着我走向了餐桌。

刚一坐下,菜就端上来了,开席了。

我巡视了下同桌,嘿,怎么没有一个认识的呢?寻找刚才比自己早上礼的那个同事,可一桌一桌踅摸了遍,没有!我想:张校长来往多,各行各业都有。不认识就不认识吧,哪里像自己这样的,出了教师圈子再没几个熟悉的呢!思念至此,我也不客气了,拿起筷子,自顾自地品尝起来。

蓦地,同桌中有人感慨说,好悬啊,今天差点弄错了呢。原来在这个酒店,今天有两班安房请客的哟!楼上一班儿,楼下一班儿呢。

什么?我听了,夹菜的手呆愣在空中了。我当即意识到坏了!是啊,校长安房,同校的老师们怎么会不来呢?更何况,现在又是敏感时候,不是马上要评职称了嘛!——不行,得问问!

这不是张小舟校长的宴会?我夹着一块肉,低声问旁边的一位。

啊,错了!这里不是!张小舟的在楼上呢!

啊?我傻了。我站起身子,慌慌张张地冲向了刚才收钱的地方,涨红着脸,颇有些激动地对记账人说,错了,我刚才上礼上错了啊,给退吧。

退?你是谁啊,哪个名字是你的?

我……哦,这个,就是这个,我翻着名册,指着自己名字,尴尬地解释着。

这个是你吗?管账的收钱的全怀疑地盯着我。

差不了啊,这个就是我。钱,我不是刚给你的?你想想,是不是?我冒着汗指着收钱的那位,说。

你拿着身份证吗?

什么?身份证?我苦笑着,这还要身份证?

这当儿,背后就有人敲我的后脊梁,我听到有人惊叫着,你怎么来啦?

我扭头。哦,原来有老同学正站在身后,冲着我微笑呢。这位老同学在县审计局还当局长呢。

你这是——我眨巴着眼,询问着。

我今天安房啊。这不正给我安房嘛!我都忘了通知你,你怎么知道的?

我,我……我不好意思张口了。我摆着手,对怀疑自己的那个收钱人摆手,说,不退了,没错,刚才我还以为错了呢。

我再回到刚才的位置,又重新举起筷子,狠狠地吃起来。我一边吃,一边盘算着:完了还要去楼上张校长那边,必须露个面,去补上一份儿礼!可突然又想起,身上仅有的三百元早变成这边礼单上的名字了,冷汗顷刻间就出来了……

天 落 祸 石

　　无缘无故地,莫名其妙地,没有任何征兆地,天上忽然落下了一块石头。

　　偏巧这块石头刚好砸在了张三家墙上。这一天,张三一家正在屋子里吃饭呢。吃着吃着,猛不丁一声巨响,那石头就来了。自然这声响不得了,惹得街坊邻居们慌慌张张地都来看情况。只见墙头已然瘫了一大截儿,一块百十来斤的石头滑落在一边。

　　唉哟,万幸啊,它要是掉在房顶上,它要是落在人头上,那……

　　人们望望天,天气晴朗,连片云彩都没有。人们瞧瞧地,地平平稳稳的,更没有半点地震的征兆。那么,这块石头从哪儿来的呢?

　　仔细观察这块石头,它和东边山上的石头实在没什么两样,青灰色,不规则,坚硬,棱角分明。

　　张三面对这飞来横祸先是困惑,接着便是气恼。不单是自家的墙缺了一个豁口子,更要紧的还是精神方面。一声巨响,吓得他十四岁的女儿几天不吃饭,学校也不敢去了,天天只会不撒手地拉着她妈妈,傻傻地仰着头盯着天上看。

　　这个样子,总得讨个说法吧?总得弄明白原因吧?

　　张三首先找村委会。村主任听了张三的诉说,往外揉着张三说,这么大的事,我哪里管得了,找乡里解决吧。

张三只好去乡里，凑巧乡长在。等张三说清了事后，乡长变得严肃起来。乡长说，怎么会出这样的事情呢？你没有感冒发烧说胡话吧？你没有喝酒喝多了说醉话吧？

气得张三直跺脚，急得张三直发誓。张三说，谁要说的不是真的，那野石头就砸谁脑袋！

终究乡长还是相信了，乡长说，这样吧，你找派出所，让他们查查，看看那石头到底什么来头。

对啊，张三想想，是该找派出所的。于是张三又对派出所所长说清事。之后，所长也感到这事儿有点蹊跷，于是得出最后结论：不就是一堵墙嘛，又没伤人命，砸坏了，自己修修不就行了？干吗刨根问底？行了，事情到此为止吧。所长不耐烦，继续说，我们天天这么多大案要案，哪有闲工夫管这点鸡毛蒜皮的烂事儿？

张三不得不悻悻地回家了。回到家，看着那块让人烦恼的石头，感觉不是滋味，心里说，我也没有让谁赔我墙啊，我只是想让领导们帮着追查追查，弄明白原因。这个原因难道不该弄明白吗？弄不明白，这里的人不总提心吊胆吗？不行，你们不管，我找县里试试看。

赶上县长接待日，张三有些底气不足地、有些惴惴不安地站在了县长接待室中。在他讲清事之后，县长就笑起来了。县长说，这算倒霉事儿啊，天灾人祸，不可抗力，谁也没法子的事情啊。你找我，我能怎样？这样的事情莫非还要国家赔偿吗？这样的事情倘若国家赔偿了，那需要赔偿的可就多啦……

张三说，什么事儿都不是无缘无故的，我只是想让领导们帮着我追查追查，能明白怎么回事就成啊。

哈哈，县长说，难道你还想让我坐着火箭上天调查一番不成？哈哈。

县长这种态度，一下子把张三的犟劲引爆了。张三暗暗鼓气，说，莫非真没有管这事儿的地方？我非找到管这事儿的地方不可。

县长又笑着说，为这事儿上访，奇闻呢！我提醒你，上访可是依法有序的，越级可是犯法的啊！

张三还真不服，于是上市里，上省里，最后竟然拎着个袋子进京了！这一闹腾，不得了。县里急了！用接访专用车把张三解回来，径直送到拘留所里关押了一个星期。

一个星期后，张三出来了。张三变老实了，也认错了。这段时间里，老婆哭，孩子闹，损失了钱，墙头还是没有补。这个样子，一大家子怎么会安全呢？算了，算了，碰上倒霉事也只能自认倒霉吧。本来一草芥小民，一些事情怎么想弄明白便能明白呢？

张三放弃了。张三决定面对现实。

谁知，这个事情还不该完。传来传去，却引起了国家一家研究机构的重视。他们经过充分研究，精心调查，认定落到张三家墙上的石头不是一块平凡的石头，很可能会是外星球的一块带有极高研究价值的陨石，说不准这块石头上面会携带着极其重要的科学信息呢。

三个多月后，一个来自国家、省、市的联合调查研究组一行三十几人突然驾临了县城，自然这个队伍再进一步扩大，然后才浩浩荡荡开进了张三住的村子。

人们兴致勃勃、激情满怀、信心十足地来到了张三家，把张三家围得水泄不通。

不明就里的张三吓得慌忙躲了，以为还是追究他越级上访的情况呢。

乡长问张三媳妇，说，你们当家的呢？

张三媳妇如同当年的刘胡兰,大声说,不知道。

那你家里那块石头呢?

石头?张三媳妇愣了愣。

就是那块从天上落下来,砸坏了你家墙的石头,乡长启发着,说,它哪里去了?

张三媳妇明白了,踏实了,总算恢复了镇定,她指着那曾经倒塌过的墙,说,它被补进那个墙里了……

你的尾气不合格

妹妹来电话说,她新处的对象要到家中,要我参谋参谋。我说,好啊。

午饭过后,妹妹真领着那个他来了。当他刚走进院子时,我便感觉这个人面熟,好像在哪儿见过。等进了客厅,他便忙着给我掏烟,递烟。我摆着手,说,不用,真不用,我不会吸烟啊。他望着我,尴尬地笑笑,只好自个儿点燃了,叼到嘴里去。

我们开始谈话。我问他在哪儿工作。他神色当即带上了豪气,说,在车管所,分管查验尾气啊。

哦。我瞧着他,马上想起了,那天就他啊,难怪这么面熟呢!

几个月前,我去验车。我把车停在了检验尾气的站口。负责尾气检验的是个青年人,二十几岁,长得挺帅气,看上去很朴实的样子。

他说,先交三十块钱。

我把钱递过去。他收后,开始在车排气管那儿鼓捣。

一会儿,结果出来了,他说,你的尾气不合格,是不是先修修去?

是不是?听你这口气,好像不修也行,那不修怎么办?我呆了,问。

谁知道你怎么办啊!年轻人认真地冲我摆着手。

等我把车开出验车场,才想起这种情况下,应该找个关系啊。这年头,办事儿得靠关系啊!正好有一同学在交警队上班,便当即打电话问同学了。同学听了,哈哈地笑着说,你啊你,这么小的事,哪儿用我办啊!我给你出个主意吧,也省了我欠他的人情,你欠我的人情。——你啊,马上去买两盒好烟过去,悄悄递给他,再说几句好话,他准会给你环保标志的。

这样啊?

我决定试试了。可一看表,坏了,人家已下班了。

只好明天啦。

第二天,我买了两盒好烟直接把车开到验尾气的地方。还是那个检验员,他见了我,问,你修过了?我一边假说修过了,一边赶紧把烟递上去。他当即摆手说,不行,绝对不行!

我见他挺坚定,只好又出来了。我只好再给同学打电话。同学想想,说,你在哪儿给他烟的?

我说,就在验尾气的地儿啊。同学笑了,说,那难怪,你不知道,那儿有摄像头啊!

哦,我无奈地说,现在,只有你过来了,我不欠你的人情是不行了!

很快,同学过来了。我们一起径直钻进检验员办公室。那个检验员正在电脑边忙着什么。同学悄悄把两盒烟塞到他手里。

他真就接了,迅速打开抽屉扔进去。那一瞬间,我看到他的抽屉里面塞满了烟。

他指着我,说,你还得再补交三十块钱的检验费。

我说,交过了呀,这不,还有收据呢!

他说,那个已经过期了!

过期了?这还过期?那,交吧。

这一次,他没看车,就在电脑里输入一些数字,把合格标志给了我。

我说,这算合格了?

你还想怎么着?他横着脸。

我们恭敬地说着谢谢,退了出来。

回到家,我把验车的情况说给家里人听,谁听了也气愤。妹妹还说,怎么可以这样呢?莫非人逮着机会就腐败吗?我笑笑,说,没办法呀,谁让咱给人家机会呢?

好单位啊!我点着头,看着妹妹的新对象那根烟快完了,就从茶几上拿过烟,有些讨好地递过去。

他毫无顾忌地吐着烟圈,很得意,说,以后,你要再验车,方便啦!

等他走后,我家客厅里的烟气还久久不散。以至于第二天,妹妹问我:这客厅里什么味道啊?我回答说,尾气味儿!

尾气味儿?

对啊,就是你处的那个对象抽过烟后留下的味儿啊。

妹妹又问我感觉那人咋样。我说,我认识他,那天就是他查验我的车,他就是那个逮着机会就腐败的……

他?真是他?妹妹当即变了表情。

我说,不怪人家嘛,那会儿他还不认识我?——我相信以后再验车,他一定会关照咱!哈,一定。

正说着话,妹妹的手机唱起歌来了。

妹妹看看来电显示,说,他打来的!

我沉默着,开始听妹妹接电话。

通了,妹妹一脸严肃,说,你问我们家里对你怎么看,好啊,我告诉你——家里人都强烈反对我继续和你交往。对,真的!你问为什么?好啊,我可以告诉你,我们家里人一致认为:你尾气不合格!我不是说笑,我是认真的,我当然也认为你尾气不合格啊!

我惊讶地看过去,妹妹早挂断了。妹妹说,这样的人,我怎么会给他机会呢?

皈　　依

一块顽石,受天地之灵气,日月之精华,崩裂而成人身。吴大侠为啥把俺的身世编排得这般传奇呢?我想,无非是他翻阅过我祖宗三代的履历表没有找到一个显贵,查遍我祖上八辈儿历史资料也不见一个是名家的原因吧。如我这等卑贱出身,倘若做出惊天动地的大事,终究需要特别一些,吴大侠便灵机一动,说,这猴头,他的父母是天地日月啊。

当我闹龙宫闯地府之后,太白金星老头奉玉帝旨先来摸我的底细。他问我的父母是谁。我说,我叫孙悟空,无父无母,自己就是自己的宗祖。他又问我的师父是谁。我便想起师父绝不准许提他名号的叮嘱,我说我是自修,没有师父。

据说,太白金星把这些禀告给玉帝时,玉帝也被搞迷糊了。他跟老头研究了好半天,嘀咕了好半天,最终还是从我带有佛家特点的名字以及行为做派上看出些端倪,从而认定,我这个猴子是有些来历的。太白金星老头对玉帝说,既然有些来历,在没有考察清楚什么来历之前,总不能贸然出手,当以团结拉拢为上策啊。

踩踏着万道红霓、千条瑞气,我便到天庭上任弼马温了。岂料,即使在这养马的小衙门里,手下那几个小毛神,竟没有一个没有来历。那个扫卫生的公务员是王母娘娘的表弟,那个管传达的是吕上仙的叔伯外甥,那个搞采购的是二郎真君拐弯亲戚……这些家伙,天天混在一起聊天斗地主,几乎什么工作也懒得干。他们还问我和天庭上哪位老大有关系。我挠着头,搔着皮毛,说,俺老孙凭着自己能耐生存,不靠背景!终于有一天,我和玉帝派来的牛气哄哄的使者闹起别扭,我一气之下抽了他几鞭子,便重新返回花果山。

水帘洞前,天昏地暗。巨灵神打上门来,指着我说,你牛气什么,不就是石头缝里蹦出的吗?哪吒三太子打上门来,指着我说,你牛气什么,不就是石头缝里蹦出的吗?二郎神杨戬也气势汹汹地来了,也指着我说,你牛气什么,不就是石头缝里蹦出的吗?我一遍遍地回答,不错,我是从石头缝里蹦出的,但我有我的自由,天上的差事我愿意干就干,我不愿意干就不干,干吗非要绑架我呢?

打?来呀!我光脚的还怕你们穿鞋的?我有七十二般变化,我有敢于亮棒的信心和勇气,实在打不赢,俺老孙可以驾着云跑啊。

结果如何?嘿,竟挣了个伪"齐天大圣"的名号来。

偏偏如来佛祖看不惯了,气势汹汹来问罪。他俯睨着我,说,你这猴头,怎能欺心呢?那玉帝什么来历?那玉帝经历过多少劫难?那玉帝是什么人物?你凭什么妄想跟他平起平坐呢?趁早皈依吧。

我说,我凭着我的金箍棒,我凭着我的筋斗云和七十二般变化,我凭着我冲天的胆量和智慧啊!

如来撇着嘴,说,那咱赌一把吧。

这一赌,我竟输掉了五百年的美好时光。

试想,一个敢同玉帝争天下的我,绝对早成了天庭仇敌,怎还能苟活?这我清楚,佛祖还是给我留了些情面的。我想,难道佛祖慧眼已知,我是他大弟子须菩提祖师的徒弟?如此论来,我当是他的徒孙吧?为此才再给我一个机会,以使我完成心灵的彻底皈依?

五行山上,悠荡着五彩祥云。我知道,是观音菩萨路过呢。我抬起头,大喊,菩萨啊,救我!菩萨啊,救我……

菩萨果然立在我面前。菩萨说,在天庭混,怎么能没有师父呢?师父就是你的领导啊,就是你依傍的大树和靠山啊。

菩萨望着我,又说,我给你找个师父吧。既然你暂时不能回天庭,就先随着这个师父在江湖上历练历练,积累点资本如何?

我点着头,说,好,不过您得给我找个本领高强的师父啊。

菩萨微笑着说,这个师父虽然本领不高,可他乃金蝉子转世,来历非凡,倘你跟他做事,以后你肯定能沾光,能修成正果呢。

明白了,我说。

神话的时空中也吹刮着腥风,飘落着血雨。我开始追随唐僧师父经历取经的战斗岁月。多少次的出生入死,多少次的磨难重重,危急关头,果能够叫天天应,叫地地灵。

唐僧师父把缝好的虎皮袄递到我手里,说,结果本已注定,我们感受的只是过程啊。

我点着头,说,结果本已注定,咱除妖杀魔才底气十足啊。

唐僧师父说,这就是皈依之妙,慢慢领悟吧。

在我铲除白骨精时,她指着我鼻子,媚眼里闪着挑逗之诱惑,悄声说,弼马温啊,我可是你领导的编外夫人,你敢不成全我吃唐僧肉?

我的怒气便被激发了。你知道我师父什么来历啊,敢打他主意?再说,你败坏我领导的名声,我又怎能让你活着?我的铁棒便狠狠地砸下去,即刻,白骨精魂飞魄散。

师父盯着我,很惊慌,说,那么漂亮的一个妹子,你咋说杀就杀了呢?太冲动了吧?冲动是魔鬼啊。你得为你的行为负责,你须忍受几遍紧箍咒之苦,你即刻停职反省反省!

白骨精事件了断之后,唐僧师父叮嘱我说,白骨精杀了也就杀了,她毕竟是个自修的,没啥来历。可是,有些妖精是杀不得的!

哪些妖精杀不得?我大惑不解。唐僧一脸无奈,说,慢慢领悟吧。

后来,当我抡起金箍棒要打死金毛犼时,观音说,大圣住手!当我抡起金箍棒要打死黄狮精时,太乙天尊说,大圣住手!当我抡起金箍棒要打死青牛怪时,太上老君说,大圣住手!当我抡起金箍棒要打死大鹏金翅雕时,如来说,大圣住手……

唐僧说,像这些妖精,你杀了他们,咱以后的日子会好过吗?

哦,明白了,我感慨说,有人庇护真好啊。

不头脑发热,不手痒难耐。摸不清底细,绝不出手。这是咱除妖的潜规则啊。师父说。

明白了,我说。

揭谛,揭谛,般若揭谛……师父正双手合十,两眼微闭,默念《心经》呢。

若干年后,当我同师父一起走进大雷音寺的殿堂,如来佛祖是这么问我的,大圣,你归真路上斩妖除魔,最大的感想是什么?

那一瞬间,一个在我心中早已熟透了的思想从嘴里流出来了,我说,是皈依,我早该皈依啊。

哈哈,佛祖大笑。

较　　真

丁水开着个电焊摊儿。这天,他正忙活呢,王冰来了。王冰是骑着辆摩托车来的。王冰来了也不下车,只是熄了火,用腿撑着地,就从口袋里掏了记录本,翻找着什么。王冰是管电的电工,承包着丁水他们这一片的电。丁水见了,忙停了手里的活儿,凑过来递烟,问,又收电费了?不是才交不久吗?

你这个"才"倒长,一个月都过了!王冰说,不收电费,我跑你这儿干吗?稀罕你啊?

你稀罕我有屁用,我又不是娘们!丁水拍打着手,说,少废话,多少钱吧?

王冰说,这个月你应给我一千八百三十六元。

丁水眨巴着眼,有点惊讶地盯着王冰抄写在账本上的表字,问,这么多?

王冰笑笑,说,用电多说明你挣钱了啊!

乌龟王八蛋才挣钱了!丁水有点激动了,皱着眉说,这个月,我还没上月活儿多,电费怎么会多呢?电费又没涨……

你为什么用电多,我怎么知道呢?王冰不高兴了,说,我收电费以电表为准啊,这电表们全是新换的,总不会出问题吧?

嗨,你这么一提醒,我还怀疑起这些电表了!它们可是你给我新换的,丁水说,用电一下子多这么多,你电表上没捣鬼吧?

嘿,你可别污蔑人啊!这么说,你有证据吗?王冰的脸耷拉下来了,说,我还说你以前的电表有问题呢……

一说两说,越说越多,僵了,俩人争执起来。一不留神,竟有升级的趋势了。

终究,王冰经历的事情多,他知道这样下去不行的,就首先软了下来,说,这样吧,咱谁也别冤枉谁!我这里正好带着块新表,刚从供电局拿来的,铅封的,你该放心吧?咱用两个大功率灯泡,现场检验,行不?

好啊!丁水答应了。

很快,一小时就过去了。结果是,两块电表的用电一样多。

这下,你满意了吧?王冰问。

丁水瞧着王冰,笑笑,但却摇头。

怎么?

怎么?丁水只顾自己点上一支烟,说,这算什么结果?都是你操控的,能说明什么?

嘿,嘿……气得王冰都想转圈啊,王冰指着丁水,说,走,我带上你,你拎着这些电表,咱干脆到供电所校去!

丁水犹豫着,说,有那必要吗?

王冰说,有必要,太有必要了,省得你瞎怀疑!

走就走！丁水把才燃上的烟摁灭，往工具箱里一扔。

路上谁也不说话。王冰只管骑车，丁水只管坐车。

到了供电所，结果很快也就出来了：电表没有问题，都合格。

真没问题？丁水斜眼瞅着管校验的师傅。

没问题，绝对没问题！校对表的师傅说。

那，咱走吧。丁水招呼着王冰。

出了供电所，王冰故意问，这回应该放心了吧？

岂料，丁水却说，我放什么心啊？你跟他们都熟，都跟你一个鼻孔里出气。你只需眨巴眨巴眼儿，猫腻就来了！唉，玩这既当运动员又当裁判员的游戏，有意思吗？这叫什么来？对，想当婊子，又要立牌坊啊！谁能保证，电表你们没有动手脚呢？

唉！唉！气得王冰在地上跺脚，他抓着头皮，说，你，你这不是成心较真吗？好，我就跟你较较真。就算你不相信我，就算你不相信供电所，今儿，我也要找个你能相信的地方！咱去质监局行不行？那是专门的质量监督机构啊，跟我不一个系统了！

行啊，走着！丁水说，我也想弄清楚啊！我也愿意心里踏实啊！

那，咱得事先说好，要还是这个结果，你服不服？王冰问。

当然，我服。我不仅服，这不马上中午了嘛，我还请你吃饭。丁水说。

好好好，结果倘若不一致，你的电费我不光垫出来，我也请你吃饭。王冰说。

就有赌的味道了！

半小时后，俩人在质监局等到了结果：电表没有问题。

哈，这你还有何话说？王冰笑着，说。

算你赢了，算我无理取闹！丁水说，咱喝酒去！

酒足饭饱,俩人都喝多了。王冰说,坏了,我骑不了车了!丁水说,我还行啊。王冰说,你行个屁!你也喝酒啦!丁水说,可是,咱总得回去吧……王冰说,好办,我找辆车把咱送回去!

王冰就打电话。

不一会儿,有个人开辆皮卡过来了。这人一见到王冰,恭恭敬敬地跑过来,称呼着,小舅,您干吗跑这儿吃饭呢?怎么不去我家里?

王冰醉醺醺地指着来人,自豪地给丁水介绍说,他,我外甥,质监局局长……

哦,丁水应着,沉默着,瞬间神情便又复杂起来了。

车快到丁水的电焊摊儿了。丁水忽然问王冰,你外甥是质监局局长,你说,咱在质监局验证出的结果,可靠吗?

啊?王冰惊诧地盯着丁水,苦恼着,问,你怎么才能相信我呢?

球　　技

那个星期天下午,局长召集几个哥们进行了乒乓球大战。

结果,局长球技大展,打出了水平和威风。连着几轮,我们一个个被局长打得全败下阵来。我们累得不行了,局长还挑衅道:不服气,上啊!

我们起哄,局长,你不能白赢,请客吧!

惹得局长笑了,说,谁赢谁请客,谁还敢赢?

说归说,局长真请客了。我们几个兴高采烈地随着局长进了饭店。

酒桌上,哥几个边吃喝,边捧着局长,说局长球技不凡啊,说局长多才多艺啊……

局长高兴了,兴奋了。局长说,咱先约好,下星期再战!

第二个星期天还是那个点儿,局长球瘾果然犯了。哥几个只有响应。等一个个上了局长的车,行在去体育场馆路上时,局长突然说,今儿再添一个人,我同学马杰,也是个乒乓球高手。咱把他叫上。总跟你们几个玩,没劲儿啊!

嘿!没劲儿啊!昌便模仿局长的口吻,重复着,逗弄得我们直笑。

可不,总跟你们几个手下败将玩,有什么劲啊?局长一边拨动电话,一边说。

嘿!昌冲着我们又是挤眉弄眼。

顺路,正好捎带上了马杰。马杰一上车,局长就开玩笑说,马杰啊,今天掂量掂量你的球技,哈哈。你要赢了我,我请你;你要输了,那你得请我们。

马杰挺自信,说,没问题!俺可是比赛冠军呢……

哈,我最喜欢挑战冠军。局长说。

到了目的地。局长说,昌,你先上,我先摸摸马杰的套路再说。

昌说,你得让我用你那球拍……

局长摇头,瞪眼,说,这七百块钱的球拍,我专用的!

昌说,一个破球拍,又不是女人,还专用啊?

局长笑了,说,那就让你体验下?

马杰和昌的战斗开始了。谁知,局长的球拍用在昌手里,唉哟,效果竟出奇好,削、搓、扣、拉、推的动作处处精彩,以至搞得马杰连败两场。

局长惊奇地看着昌,说,该刮眼相看,厉害啊!

昌笑笑,说,跟你打,没这精良武器,发挥不出来……

我呸,你小子瞎咧咧吧!局长撇嘴,说,马杰呀,你个伪冠军,连我手下败将都赢不了?

马杰说,我还不适应,一会儿,你们就晓得厉害啦。

果然,马杰有后劲,终究占了上风。局长看着,手痒了,说,昌,你滚下来吧!

局长上场了。怎知,连着几局,竟都是惨败。

局长冒汗了,也泄气了。局长说,邪门,今天咋状态不佳呢?

马杰说,什么状态不佳啊,纯粹水平问题!

终究,局长气馁了,耍赖了,干脆不打了,说,昌,还是你来教训他!

昌说,我这卤水专降他这豆腐!

马杰边捡球,边对局长说,老同学,服了吧?刚才你说,我赢了你,怎么着?

不就请客吗?局长绷着脸,说,请客请客!

不管怎么样,局长请客,哥几个就快乐,就愿意陪着局长玩。我们嘻嘻哈哈地又随着局长进了饭店。

转眼,第三个星期日,局长再召集了我们几个。等车路过马杰住的小区门口,昌问,还叫马杰吗?还报不报仇?

车继续前行。局长说,叫他干吗?还叫他赢咱们?

昌眨巴着眼,说,对,他行,咱不跟他玩,谁知道他行!

哈哈,局长满意地笑了。

急

  我们承揽了某局的表格印制活儿。交办活儿的是该局办公室李主任。交办时,李主任说活儿不急,缓两天也无妨,紧着别的客户也行。可等到下午临下班,李主任竟突然打来电话,用不容商量的口吻说:是这样,局长催了,所需表格急用。若能在明天上午十点前送到,活儿还是你们的;若没准儿,我只能另请别人啦!

  我们当然得承接下来啊,当然得做出保证啊。一则,顾客是上帝,顾客有什么要求理应满足;二则,终究是公家活儿啊,不仅有量,也肥啊。谁不知道,公家活儿,只要跟主事人打好关系,什么都好谈?我当即对李主任说,您放心,不管对公对您,我们哪儿也不会误的(我试图让李主任听出话外之意)。今儿晚上我们加班加点,赶出来!

  哈,李主任笑了,说,能赶出来最好。那明天上午我派人等着卸车。

  满满一大车印刷品,我们仨人一直折腾到第二天凌晨三点才印完,装好车。没压力了,也踏实了,也感到困了累了。

  早上七点,我的手机响起来了。我迷迷糊糊地拿过,接听,是李主任的。李主任问,怎么样,印好没?我说车都装好了,十点前到绝对没问题!

  李主任说,那好那好。

  从印刷厂到局机关才三十几里路,开车也顶多半小时。可为了预防万一,我们决定赶早,八点多一点便出发了。

偏偏路上出了问题!刚上路不久,有一车胎扎了。

怎么办呢?换备胎!就在我们心急火燎地忙乎时,李主任电话又打来了:出门了吗?快点吧,急等着用呢。

我说,我们也急着,虽然路上出了点小事故,可误不了事儿!

哦,越快越好,越快越好啊。局长盯着呢。李主任话语中,透着迫切。

等换好,时间快到九点了。我瞧瞧手机,对司机说,还行,能赶上。

我们快车加速。进了县城,拐过利民街一个红绿灯,距离李主任单位门口处也不过五十米了。

偏偏,前面出了车祸,路堵了。大车小车挤得乱七八糟。警察刚到,正拍照,勘查现场。看样子一时半会儿还疏通不了。

我们只能望车兴叹啊。正无可奈何呢,李主任的电话再追过来了。他问,修好了没?

我说,都要到了,都瞧见你们单位门口了。可堵车了,过不去,没辙呢。

哎呀,急死了,急死了!听得出,李主任真急了,还叹着气。

我说,要不我先步行给您送些去?车缝隙里走人还行的,当然您派人过来搬些也好啊……

那倒不必,一会儿再说吧。李主任挂了电话。

这当口,奇迹出现了:事故车被挪开了,路上的车动了。我长舒了口气。

我们的车开进李主任单位大院,距离约定的十点还提前了二十分钟。我赶紧拨通李主任的电话,里面开始唱起一首流行歌,歌快完了,李主任那边才有了应答。我赶紧说,李主任啊,货到啦!

到了吗？好,好,可我出来了,这么着吧,你们等等,我让单位的小王接车卸车吧……李主任没等我再说什么,没了动静。

等。等小王。可小王左等也不来右等也不来。

我只好向门卫打听谁是小王,小王干什么去了？门卫眨巴着老眼,说,小王是秘书,好像出门啦,好像给政府那边送材料吧？你们耐心点,再等等吧。

再等等,等小王。一个多小时了,眼瞅着单位大院里的人下班了,眼瞅着过饭点了,小王依然没露面。

恰逢印刷厂里电话来了:又有客户催,等车用呢！

我只好再给李主任打电话了,再听了一遍长长的歌之后,李主任那边有反应了,谁,谁呀？

我说,李主任,我们,送货的,小王还没来,我们仍等着呢！

哦,哦,他,他,还没去？我,我,这就让,让他去！很明显,李主任喝多了,舌头长了。

继续等,等小王。

好半天,小王总算来了。

卸完车,小王给我们开了收据,我问小王说,这批货李主任要的不是很急吗？

小王笑笑,说,现在不急啦！

那,为啥啊？我困惑呀。

啊,局长去省里开紧急会议了,半个月以后才回来……小王说得挺轻松。

三个顺口溜

刘光当乡长那会儿,县里组织人去他那儿检查卫生。只见他办公室里收拾得窗明几净,连床铺上也是新铺新盖。人们夸奖说,不错,清新悦目,真干净!岂料,有位领导不以为然,说,我非找找死角不可!只见那领导来到门口,摸向了门框上沿儿。问题果然有了,只见那手上早沾染了一层灰尘。刘光红了脸,慌忙解释说,这,难免疏忽嘛!这县领导仍不搭话,又快步来到刘光床铺旁,猛不丁又把被褥掀开了。人们随着瞧去,哎呀,下面臭袜子、脏裤衩露出来了。

领导当场作顺口溜一首,讽刺说:刘光刘光很溜光,表面瞧着挺风光。只需扒开一层皮,真容立马全曝光。

哪料想,几年后,刘光升任副县长了。

正赶上省里有重要会议要到县里来开。来人众多,形象工程自然要弄好,县委委托刘光来督导落实。

问题来了:沿国道边,有条长河道,由于没有活水,加上疏于管理,里面臭水翻涌,垃圾漂浮,蚊蝇众多。一直绵延至县城区。偏偏,那儿是进入县城的必经之路。

有人请示刘光怎么办。刘光眨巴几下眼睛,笑笑,说,好办,路边垒墙来遮挡!

可时间来不及啊。下面人说。

用百花铁皮围!刘光指示说,但千万把铁皮围墙弄高点,要不,上边领导在大巴车上会看到的……

好的,下面人答应着。

还有……刘光又吩咐说,再找文化人在牌子上写些标语口号或者描绘咱县风景区土特产的内容。——你想想啊,咱无缘无故挡那么一溜牌子,人家不起疑心吗?

高明啊!下面人笑了,称赞说。

等施工完毕,刘光果然满意。现场,他大发感慨说:一俊遮百丑,百俊也怕一丑啊!有丑怎么办?遮挡!

岂知天公作对,在省里会议结束那天,天地猛然昏暗,狂风骤起。等天空恢复常态,也正是与会人员离开县城之时,但见那些围墙,哎呀,早已一片狼藉。

于是,县里又有人编顺口溜说:刘光刘光真溜光,臭水坑啊用墙挡。怎想狂风不称意,吹倒铁皮露真相。

刘光出事儿那天,他正在县大礼堂里主持会议。会议核心内容是有关求真务实、转变作风的问题。

刘光讲话时,秘书悄悄来到他身边,小声提醒说,刘副县长,有人找……

这情景,搞得刘光很不高兴,他板着脸回头说,让他等!

秘书红着脸不敢发声了,在会议桌上比画着写了几个字。刘光应该看清楚了。只见他脸色瞬变,话也不讲了,当即慌张着走向台后去。

是市检察院的人找他。因为一个工程,他涉案其中。

检察院的同志问明了身份,给他戴上铐子。

霎时,他头上虚汗直流,吞吞吐吐着问,你们……怎么……查出的?

据说,刘光副县长走向警车时,人们没见到他手上的铐子。

因为那闪亮的铐子被黄灿灿的新毛巾遮挡住了。

好事者再一次念顺口溜：刘光刘光真溜光，无可奈何下会场。邪门法子还真有，手铐毛巾来遮挡。

等着你来开车门

他在局里还是秘书时，因为工作关系，经常会随着郑局长下乡。郑局长是个随和的人，没有官架子，对他一直小马小马地叫。该干什么不该干什么，郑局长会指点他，使唤他。他呢，在工作中也注意每一个细节，试图做个有眼色的人。

比方说，到了目的地，他会反应很快地抢先下车，小跑着去给郑局长开车门。

可是，对于他的这种殷勤，郑局长不仅不欣赏，还总是生气地批评他，我又不是七老八十的人，手还能动；我更不是封建官僚，不用人侍候的！

如此以后，他就不敢再给郑局长开车门了。

偏偏，郑局长调走了，来了一位牛局长。牛局长一上任，牛气劲儿就显出来了，不仅花费十几万把办公室装修了一番，还买了一辆三十多万元的新车。

他第一次坐局里的新车，同着牛局长下乡。还是到了目的地，车停在了下级单位的门口。他和司机下了车，活动着腰，刚要往里走，却发现牛局长落在车里没出来呢。怎么啦？向车里望去，虽模糊，也能看明白的。只见局长窝在里面眯着眼，好像打

盹呢。

他匆匆地打开了车门,刚要提醒时,牛局长已经从车里钻出来了。牛局长微笑着说,小马,我怎么打不开这车门啊,正等着你来开车门呢。

他望着牛局长一本正经的样子,说,开车门有什么难?一看就会的。他做着示范说,就这样啊,简单!

谁说简单?牛局长深沉地说,里面学问多着呢。

经历了这一次,他以为牛局长学会了,谁知以后,他再随着牛局长出门,牛局长还是等着他或者司机去开车门。

他才明白了:牛局长跟郑局长是不一样的,牛局长故意等人来开车门呢。

他想,开个车门有什么?开就开吧,不过是举手之劳嘛!谁让自己被人家领导呢?谁让自己碰上这样的领导呢?

他心里终究有意见,然而终究是心里的意见,绝对不能暴露。不仅不能暴露,还要做出很愿意为领导效劳的姿态来。

他就习惯了给领导开车门。

只要他与领导一块儿坐车,下车时他一定会颠颠地去给领导开车门。有时候,他还会像迎宾员那样,一手开车门,一手做出"请"的姿势。他看到,那会儿,领导们会挺着胸脯,脸上露出满意的微笑呢。

有一回,下乡结束要返程,牛局长走到了车边,本能地伸出手快要自己开车门了,可中途竟又缩了回去,然后站住等着他。

嘿,真会装蒜呢!他暗骂。可还是机敏地跑上前,开车门,关车门,脸上始终赔着笑。

这是一种魅力,还是一种威严呢?他望着牛局长的形象,头脑里忽地冒出了一个词:"陪衬"。是啊,明亮的月亮需要彩云来陪衬,娇媚的红花需要绿叶来陪衬,那么,领导不也需要下属用一个个细节来陪衬吗?这样一想,他竟感到给领导开关车门很有必要了。

还有一回,去参加一个剪彩仪式。快到现场了,凑巧下起了雨。雨下得不大,挺细密挺有情调的那种。刚好车里只准备着一把伞。

等车刚一停,他就利索地下车,撑开了伞,去给牛局长开车门。他用伞完全罩住车门那个地方,任雨水淋湿了自己。他说,牛局长,来,我给您撑伞……

牛局长敢情也能体恤下属,牛局长说,小马啊,今天有点特殊,这样吧,你把伞给我,我自个儿过去吧……

他观察了下会场,说,局长啊,别,您看,与会的领导全有专人给撑伞呢。您再看,为领导撑伞的还都是红衣美女呢……

嘿,还真是!牛局长瞅了瞅,就不再说什么了。牛局长说,好,那好。牛局长如平常一样潇洒气派地走上前去了。他呢,则用双手高擎着伞,跟在了后面。

时间一年年过去。因为表现出色,他被层层提拔,也成了局长。

当局长了,自然,也常常要坐车下乡的。

这一次,他开始以局长的身份下乡。等来到目的地,司机和秘书早下车了,他竟仍赖在车上呢。

秘书等了等,有点着急了,跑过来,打开车门说,马局长,到了,您该下车了吧?

哦。他板着脸,品着嘴,如当年的牛局长一样,说,我怎么打不开这车门啊,正等着你来开车门呢……

下来一笔扶贫款

乡长对小舅子胖儿说,好事儿来了,上边下来了一笔扶贫款,一百多万元呢,扶持养牛户。

可胖儿没有牛。胖儿急着问姐夫,那咋办呢?

乡长便骂,你傻呀,找些牛不就行啦!等上边的人来摸底时,我提前先给你个信儿,你抓紧时间做个样子。等他们走了,再还给人家。

乡长的小舅子胖儿就去找牛。

幸好胖儿住的村子附近有几个养牛的。但牛这东西近年来很贵重,人家怎么肯让人轻易就拉出去?胖儿好说歹说,才总算说好了:用一天,租金一百元。出了问题,胖儿需要负责赔偿。要用了,头一天拉过去,由胖儿负责喂养。

行行行!什么条件都行,不就是一天嘛!那么大的牛,能出什么问题呢?放心好啦。

那你说,你借牛到底想干啥?主家还是不放心。

哈哈,不干啥不干啥,只是有几个贵人想观赏观赏罢了。胖儿不敢把底细说给人家。

总算联系好了十几头牛。胖儿很高兴。胖儿仿佛看到那些扶贫款,天上掉馅饼般砸到自己的头上来,然后自己去买车,买洋房……

乡长给胖儿打电话,说,后天,上边的领导就要来检查养牛的情况,准备好了吗?

胖儿说,没问题,准备好啦。

乡长说,不行,我不放心,我到你那儿看看去。

乡长到了胖儿家,当即就火了。乡长阴着脸,斥责说,你的牛呢?

胖儿还不慌不忙地,说,明天就有啦。我保证我的院子里会拴满了牛……

那你的牛棚呢?你喂牛的草料呢?你养牛的家什呢?难道你的屋子也当牛圈吗?说着说着,气得乡长都笑了。

还好,胖儿的邻居家是个空院落。院落里有猪圈,还搭着个柴火棚子,勉强也可以放些东西。几间北房因为年久失修而濒临倒塌,但似乎也能应应急。乡长说,就用它凑合一下吧。你去求求人家,给人家几个钱。你看过戏没有呢,演戏也要越真越好啊,总不能让别人看出破绽的!

第二天,牛们果然就被牵来了。胖儿忙得很,避着地上的牛粪跑前跑后。又高薪聘请一个专业的师傅喂养着牛。当时的情景,如果不细看,很像那么一回事呢。

谁知到了晚上,一场暴雨从天而降。房子本来就漏,又没来得及修缮,加上牛们不习惯环境,在里面乱折腾。结果,顶塌了。早晨起来一看,啊,砸死砸伤了几头牛。

胖儿就给乡长姐夫打电话,说,坏了,出事故了,牛被砸死砸伤了!咋办?

乡长反倒乐了。乡长说,正好啊,这是老天爷助你!你想想,牛们为什么会被砸死?还不是牛舍的问题。牛舍又是什么问题?还不是钱的问题。到时候,你就说,条件太差,欠缺资金……

胖儿明白了,也笑,说,那牛呢?

你昏啊,告诉主家,赔!人家要多少就赔人家多少!等那款拿到手了,还愁那点钱吗!

也是也是。

就等。等上边的人来看。可左等右等,一直等到太阳偏西了,才终于等来乡长的电话。乡长叹着气,说,人家推迟了时间。说什么时候来还没准,会有通知的!没办法,你先处理善后吧。

哎,胖儿痛苦地应了一声。只好去找牛主们商量赔偿的方案,小心谨慎地赔笑脸,无可奈何地给人家钱。然后重新联系新雇主,重新修理房屋,再准备应对下一次的检查。

很快过了一些日子。这个早晨,乡长又突然给胖儿打电话,说,下午,上边的人准来!你千万千万别出问题啊。

哦。胖儿答应之后,就紧着给早联系好的养牛户们打电话,让人家务必尽快把牛牵过来。他听着一个个的回复,感觉自己成了一个大导演,好看的戏眼看要开始啦。

然而,一直等到上边摸底的领导都来了,也没有一头牛牵过来。

胖儿傻了眼。乡长也傻了眼。

原来不知谁透露了消息,大家都知道了胖儿找牛的原因。人们想:为什么有牛的得不到专项扶助款,而不养牛的人倒总能得到呢?这样怎么行?不行!就是不行!

这么一想,又一鼓动,养牛的人们便行动了。他们牵着牛把上边的领导堵在了回去的路上。

从六楼到六楼的六楼

中秋节前的一个傍晚,局长驱车来到了副市长家的楼下。

局长是第一次来副市长家。他只知道副市长住在这个小区,具体哪栋楼的哪一单元的哪一层,局长还真不清楚。不过没关系,局长有副市长的电话。

局长抬头望着高达二十几层的楼房,拨打着副市长的电话。很快,通了。

局长说,李市长啊,我是建设局的宋歌,想到您家坐一会儿。您家是哪栋楼的哪单元的哪一层?您跟我说过一次的,可我记不起来啦。哦,十一号楼的二单元六层,好,记住啦。什么?电梯坏了?只能走上去?哦,没事的,我能走上去的。哈哈,您等着我好啦。

停了电话,局长便开始从车里卸东西,等把该拿的都拿全了,局长犯愁了:怎么能一下子全弄上去呢?不行,再来二趟吧。

局长又把一些东西放回车里,锁好了车门。

转眼,局长已然是搬运工的模样了:他两个胳膊窝里夹着箱子,两只手里拎着袋子,开始负重上楼了。

上到三楼,局长早满身冒汗,累得不行了。局长决定休息一会儿。局长就放下东西,扶着楼梯喘着粗气儿。在这当儿,副市长的电话来了。副市长说,你上到几楼了?

局长赶紧说,我上二楼了。

副市长说,快点。

局长说,好的,好的。

局长又继续往上爬。好不容易坚持到了六楼,局长放下东西,正犹豫着该不该敲门呢。这时,电话又响了。副市长问,到六楼了吗?

局长擦着汗,说,到啦,到啦,哪个门啊?

副市长笑着说,小宋啊,其实你才走完了一半,我住十二层。我刚才担心你有畏难情绪,才说六楼的。你再上六层楼吧……

啊?局长明白了,敢情长征才走了一万二千五呢。

局长顾不上擦汗了,想尽快见到副市长,好把一些重要的话说给副市长听。

可是,这些东西咋就这么沉重呢?每走一步,都要付出太多汗水哟。局长觉着全身汗津津的,累得难受。等好不容易挪到十一层,局长实在支撑不住了。他顾不上楼梯干净不干净,"扑通"一下子就坐在楼梯上了。

这会儿,他听到上一层的防盗门嘎地响了声,开了。他意识到,副市长给自己开门啦。他不由一振,不晓得怎么来了些力气,竟健步如飞,迅速地站在十二层楼的门口了。

副市长笑吟吟地看着他,感叹着,哎呀,你咋拿这么多东西呢。到我这儿来何必拿东西呢……

局长恭恭敬敬地笑着拐进了内室。

等把东西一一放到地板上,副市长便招呼局长入座。局长说,先别,还没完呢,我车里还有点东西呢。

啊,是吗?副市长赶紧阻止,那别再往上弄啦,连这些咱也得放到楼下地下室去的。你想想,我这上边哪儿方便放这么多东西呢?要不这样——你坚持下,再把它们搬下去?

搬下去？局长稍微愣了愣，就立即动手，装作挺轻松地说，再搬下去吧。

晚上九点多一点，局长才回自己的家。局长的家倒住六楼。偏偏赶上电梯也坏了。局长只好走上去，他刚想进卫生间洗洗澡，电话响了。局长去接，是秘书小冯。小冯说，局长，我想到您家坐一会儿，方便吗？

局长当然热情啊，说，欢迎啊，欢迎。

隔了好一会儿，小冯才摁响了局长家的门铃。局长出去一瞧，可不得了，小冯扛着两箱足有百十斤的苹果到了。

局长说，小冯啊，小冯，你这是……

小冯满头是汗，放下了，出气才匀实了，说，我老家里产的，给您弄来了两箱，很甜的，请您尝尝鲜……

局长瞅着那两大箱子苹果，一脸严肃，说，小冯啊，你弄这些东西上来，我把它们放哪儿呢？——要不这样，你坚持下，再搬到我楼下的地下室去？

一篇讲话稿子

身为教育局局长，我追求与众不同，喜欢标新立异。哪怕我讲的每一句话，也要力争显出自己的才气。更何况，明天这个全县教师创新能力动员大会，县委王书记还要参加呢？这次的讲话稿，我原本想让我最信任的办公室副主任小张来写的，可偏偏赶上他有事儿请假了。而交给别人，我又不放心。因此我决定亲力亲为了。

谁知,一拖再拖,等到吃了晚饭,我还没有准备好。我刚坐在电脑前,想要写时,偏偏情人小叶来电话了。小叶非让我到她那里吃煮花生不可。等回来,午夜已过,更疲乏得不行,怎么还有心情写稿子呢?

怎么办哟?我摸着昏昏欲睡的脑袋,想挤出点灵感来,想梳理出个头绪来,想弄出一篇文采飞扬的东西来。

我望着文档里的空白,绞动着脑汁。突地,我灵机一动,爬上了网络,用百度搜一下,便很快钻进了一家小网站。哈,敢情那上面真有一个现成的讲话稿子等着我!只看了几眼,我就欣喜至极了。它,一定是专为我准备的吧?要不咋这么符合我的风格呢?

于是下载,打印,瞬间完成。

第二天,县委书记真到场了。按照惯例,在主持人宣布会议开始后,应该县委王书记先讲,然后是主管副县长,最后才是我。可今天因为情况有点特别,我便向两位领导请示说,咱也创新下吧,不妨倒个顺序,我这小兵子先上,你们两位主帅押后阵,如何?

好,好,这个会议是你们搞的,你说了算啊。王书记微笑着。

我拿着网上下载的稿子,走上台。我喜欢这风风光光的露脸机会。我抑扬顿挫,声情并茂。台下呢,也不时掌声阵阵。

接下来,我又对着麦克风,大声宣布,下面请县委王书记发表重要讲话!

王书记微笑着,迈着沉稳的步子,走上台来。

在下面响过热烈的掌声之后,王书记才展开稿子,开始讲话,其实也就是朗读。王书记的嗓子很有磁性,标准的普通话。不像我总带着当地较浓重的方言味儿。

我知道他的稿子是秘书写的。在我的印象里,县委王书记很重视自己的形象,每一次讲话总是别具一格。每一篇稿子,他都会让秘书改了再改。

可这一次,县委王书记只读了几句,似乎卡了壳,竟突然顿住了。

怎么回事儿?我看过去。

王书记神色上暴露着不自然,好像正进行着什么抉择似的。停顿片刻,他还是读起来。不过,他的调子开始含糊起来,声音也开始小下去,好像片刻间失去了底气一样。

我听着,也傻了。怎么我引用谁的,他也引用谁的。我说创新如何如何,他也如何如何。啊?高度一致啊!听着听着,我的汗就出来了,哎呀,句子全一样一样的!莫非我的稿子到了他手里?不可能啊!

下面的人也似乎发现了什么,开始嗡嗡嘤嘤,嘀嘀咕咕的。

王书记读着,不时用手擦着脸上的汗。

终于,他苦着脸下场了。我的心里掠过一点不安。显然,书记出丑,我是逃不了干系的。

是啊,我怎么可以和书记"撞车"呢?书记怎么可以跟着我"学舌"呢?我禁不住悄悄地向王书记扫了一眼,巧了,王书记也恨恨地斜视我呢。

坏了!怎么会出现这样的事情?我想,要是让王书记先讲,或许还有补救的可能。我会抛开稿子,即兴发挥几句。可是,唉!该死的打破常规啊!

更大的尴尬还在后边呢:后边一个教师走上台,嘿,巧的是,他的稿子上也和我们俩人的一个字不差。

完了,完了!这个会议,彻底要搞砸了!

我意识到,现在得先到王书记身边去,有必要说点能缓和气

氛的话。我望向王书记,只见他坐在领导席位上板着脸,正气呼呼地拨弄手机呢。我凑过去,他的手机刚好接通了,原来他向秘书发火呢。见我立在一边,他理也不理我。

这如何是好啊?

蓦地,我慧至心灵,决定随机应变了。我转身,再快步走上了主席台。

我从主持人手里抢过麦克风,有些激动地说道:老师们,大家或许已经注意到了,今天我的讲话,县委王书记的讲话,还有一位教师同志的讲话,竟然出现了雷同,你们知道为什么会这样吗?

瞬间,会场里鸦雀无声,一下子我也被千众瞩目了。哈,好,要的就是这效果啊!

我激动地继续说,老师们,其实,我们是故意这么做的!我们就是想让大家看看,倘若什么事情都照搬照抄,都因循守旧,都人云亦云,没有创新,就可能会发生怎样尴尬的事情……

对　门　儿

我去参加一个宴会。宴会开始之前,碰巧和初中时一个女同学相遇了。女同学身边跟着一位女士。

我和同学也不管她,只管说东道西,胡乱瞎聊。聊久了,我便知道了这个同学的一些情况:她现在在电力局上班。

电力局?我兴奋地接过话题,说,我的对门就是电力局的,还是局长呢!

局长？哪一个？

姓郑，电力局有姓郑的局长吗？我说。

郑？姓郑的局长倒是有一个，不过，不可能！我同学看着她身边那位女士，摇着头说。

什么不可能？同学这么说，我有点迷糊了。

就是他和你是对门不可能啊。同学还是笑，说，据我所知，郑局长家只有一处房子，是不是啊，大姐？

同学问她身边的那位女士。那位女士笑着点头。

怎么不可能呢？我清清楚楚听他妻子喊过他的，叫他郑晖！我辩驳着。

电力局的，还叫郑晖？你的对门？还他妻子？哈。我的同学望着我，笑得厉害了，止了笑后又说，不可能的！

我就急了，我说：怎么不可能？绝对真的！这，我骗你干吗？

郑辉，我们局长郑晖和我家才是对门呢！我们都十几年的对门了啊！哈。同学捂着嘴又笑起来。同学旁边的那位女士也笑吟吟地看着我。

他还和你家是对门？那可能啊，我知道他还另外有家的。可和你做对门，莫非就不可以做我对门啦？——我便给我的同学述说我对门儿的一些事情：

他们跟我是对门儿。可是经常只那女人在家的，郑晖很少见到。他们家也从没有见过有外人去过。不过，我说，我在楼梯口曾偶然听过那女人和郑晖的对话：女人说，郑晖，亏你还是电力局局长呢，连这屁大的事儿都办不了！郑晖说，我什么事儿办不了？我连这么个小事都办不了，我这局长还有什么当头？问题是我想办不想办——我们做对门儿都两年多了啊！

你？你说郑晖局长真是你的对门？

不错啊！我说。

我同学说，会不会这样，你的对门郑晖和我的对门郑晖是两个人？

我说，可咱县里只有一个电力局局长啊！

我同学听了，开始望着她身边那位女士，那女士也心事重重地望向她。两个人仿佛意识到了什么，脸上的神情一时间复杂了。

那女士忽然显得不安起来。她拿出手机，打开了，竟从里面翻出了一个相片，凑近我说，你见到的那个人是不是他？

他？他！我点着头，说，绝对差不了的，他就是我的对门！

那，我同学指着她身边那位女士，问我说，你认识她吗？

不认识，我说，你介绍介绍吧。

同学说，她是你对门经常见到的那女人吗？

我说，不是，我见到的那个比她漂亮，比她年轻啊。

同学说，可她是郑局长的合法夫人啊！

啊？我傻了。

这个时候，局长夫人激动了，她脸色早变得煞白，说，哦，难怪！难怪……走，找王八羔子算账去！

达　　标

这天，一上班，詹书记就招呼我们开会。会上，他布置了任务：突击检查几个单位领导办公室超标占用的情况。之后，他要求我们关闭手机,即刻出发。

第一站竟是卫生局。

坏了!我马上为刘平担心起来。

刘平是卫生局一把手,我的铁哥们儿啊!

我该通个气吧?可是——我望望身边,六个人挤在一车里。因为詹书记在,连开玩笑的也没有——偷开手机发短信,怎么可能?

刘平办公室绝对超标!前些日子,我去过的:新装修的办公室,内外间,光内间卧室也有二十几平方米,更甭提外间大办公室有多宽敞了。里面装修配置,不必说空调家电,不必说电脑笔记本,也不必说地毯沙发,还不必说书橱花草之类,单是外间摆放的那张宽大办公桌价值就九千八啊!那天我不禁感慨说,这哪儿是科级干部的办公室,分明是哪个央企老总的办公室啊!

我走神工夫,车已到卫生局大楼下。刚下车,刘平早从一楼道口迎过来,他微笑着伸出手,冲詹书记迎过来。詹书记板着面孔,说,刘局长,领我们去你办公室!

好的。刘平扫扫我们,转身走在前面。

拐过一楼大厅,进入左侧,还没上楼梯,刘平便把我们领进一单间。

这哪儿?你的办公室明明在二楼啊!我纳闷着。

进去,只见局促的十几平方米空间,由外到内依次布置着:饮水机,洗漱用具,两张简约沙发,一台落地扇,一张廉价办公桌,办公桌上有一略显老旧的台式电脑,最里面是木板床……

你真在这儿办公?詹书记疑惑地瞅着刘平。

啊,为方便,我一直在这里凑合呢。我深知,奢侈之风不可长,享乐主义危害大!我认为,办公条件不重要,关键须有颗为民的心啊。刘平又继续说,詹书记,您有啥指示尽管说,要不,我领您楼上参观参观?

啊,不必了,詹书记的脸上露出笑容,说,我们只看你这局长办公室。好啊,你这儿算基本达标,我们还得去别的单位……

晚上,我给刘平打电话说,你小子,额外弄个办公室,不更超标?

哈哈,刘平大笑,说,只要弟兄们能够罩着,我会永远达标啊!

局长的胃病

局长刚举起杯子,胃部就疼起来了。他想把杯子放下,可不行,因为这次给自己敬酒的不是杨老板,也不是马总经理,而是自己的顶头上司牛县长。牛县长说:"来,咱们弟兄俩来一杯,以后你可要多支持我的工作啊。"

自然推托不了的!这种情况,就是毒药也得往下吞!

好不容易忍到饭局散了,局长就急着往医院里跑。先在市里的省级医院检查了一番,可哪里也没有毛病。这可就怪了,明明胃上有个部位正疼着,怎么就查不出什么病来呢?别的地方再看看。又换了一家医院,结果还是什么也没查出来。

坏了!局长害怕了。

司机讨好地建议:"县城的东南角有一个老中医擅长治疗各种疑难杂症,要不找他碰碰运气去?"

"走,看看去!"他们走到了那里。那里的老先生看上去仙风道骨,真有几分超凡脱俗的样子。

老先生望闻问切了一番,笑笑说:"这病很严重啊。"

"很严重?"局长感觉自己的毛孔里都流淌着恐惧的汗水。

"是啊,很严重。"老先生望着局长说,"要不认真对待,就要更严重啦!你听说过扁鹊见蔡桓公的故事吧?"

"听说过,听说过的。"局长心里更没底了,慌慌地问,"那,我这病,到了哪个层次啦?"

"哈,君之疾在骨髓啊。"

"啊?"局长哆嗦了一下,"这么严重?"他怀疑地盯着老先生。

"不过,还可以救治的,只是你得按我的方法做才行。"

局长的眼里又有了生气,他眨巴着眼说:"当然,行啊!我一定遵照你的意思去办。你让我怎么做,我就怎么做。"

"你得告一个月的假。"

"啊,行!"

"在咱县城西面山区一百里处,有个刘家寨,刘家寨有个叫刘朴的老头,你只需随着他生活一个月。但有一点,你必须骑着自行车去他那里,去时不得带任何东西,一个月中,也不准任何人去看你。他让你怎样就怎样,一切听他的。"

"跟他生活在一起就能好?"

"嗯。"老先生点点头。

局长把局里的事情安排好,自己就骑着自行车找到了刘家寨。凑巧,刘朴老头正在家。那个刘老头,穿着二十世纪六七十年代时兴的军色褂子,看样子不知洗过多少次,都白了,但很干净。身子倒很硬朗,典型的一个老农民形象。等局长把情况说明白了,刘朴老头很热情地说:"欢迎啊,欢迎。"

局长试探着问:"刘医生,您真能治病?"

"哈,我可不是什么医生,可时不时有病人被推荐着来找我,多是像你这样有些身份的人啊,还真好了呢!"

"那您怎么治病呢?"

"其实也没什么的,就是我吃什么你吃什么,我干嘛你跟着我干嘛而已啊!"

"哦,这么简单?"

"对,就这么简单。"

很快一个月过去了。这一个月里,除了刮大风下大雨,几乎天天是"晨兴理荒秽,带月荷锄归"。一日三餐,除了小米白粥就是咸菜就着小米白粥。

可效果怎么样呢,还别说,局长感觉胃病好了。

局长想:也别到医院检查了,检查也检查不出来的。干脆,还让那位老中医看看去。等到了老中医那儿,人家一把脉就说,好了!

哈哈,真好了?局长跳了跳,感觉哪里都很得劲儿,很舒畅。局长很高兴地说:"哈哈,还真的好了!"

局长回到单位里,手下人纷纷过来问长问短。有人说:"健康可是天大的事情啊,天大的事情都解决了,实在应该庆贺庆贺,今儿要不咱摆一桌,局座?"

局长想:这一个月的清苦日子,弄得自己肠子里恐怕也没有一点油水,实在该换换口味了!这一个多月的时光变迁,更该跟属下联络联络感情了。局长答应得很痛快:"行,还是金太阳大酒店的干活!走!咱这次用那个什么款呢,让会计想办法!哈。"

一行人就到了金太阳大酒店。谁知,酒过三巡,菜过五味,冷不丁地,局长感觉原来那个位置,竟然再次出现了异样。

局长脸色瞬间蜡黄,他把杯子扔到地上,手直接捂到小腹去卫生间。

怎么又犯了呢？局长有一种受愚弄的感觉。自然问罪到了那位老中医。

老中医笑笑说："没事儿,我给你拍打拍打,顺顺气儿就行！"果然,经过老中医的一番揉捏,局长又缓和过来了。

咋又犯了呢？局长很不满。

老中医望着局长,叹了口气,语重心长地说："以后再吃吃喝喝,请千万想想,民脂民膏怎么好消化呢？"

桥

临近春节,溜水镇白镇长突然得到内部消息:在县委组织部刚搞过的民意考核中他没过关。

什么？！白镇长瞬间蒙了。

民意考核不过关,等于一票否决啊！白镇长知道,前任镇长就因为民意考核没过关,才被免职。莫非自己也将步他后尘？

汽车颠簸一小时,白镇长进了县委章书记的办公室。一进门,他就嚷嚷着:章书记,我哪儿搞得不好？我啥工作落后啦？凭什么我不过关？

章书记望着脸红脖子粗的白镇长,不动声色。等白镇长冷静了,才拨通了组织部部长的电话,说,甄部长,他来了,咱和他一块儿过去看看？

放下电话,章书记冲着满腹怨气的白镇长说,走,找原因去！

等白镇长莫名其妙地下楼,见章书记钻进了甄部长车里,他犹豫片刻,最后决定还是开自己的车。

一路尾随。

很明显,车向溜水镇方向进发。行驶二十来分钟后,白镇长摸不着头脑了。车怎么不走大道,竟拐上了乡村石子路?这么走,虽离镇政府最近,过河就能到溜水镇,可车通不过,有河啊。

果然,穿过刘庄村,甄部长的车在桥边无奈地停下了。白镇长见他俩走下车要上桥,赶紧追上去拦截。

怎么?两位领导要过这桥?

是啊,过了桥,才能到镇政府啊,才能进你办公室啊!章书记指指桥那边清晰可见的溜水镇政府建筑。

可,可是……白镇长望着那颤颤悠悠、吱吱呀呀的桥,指着桥下那哗啦啦、深不可测的河水,说,这上面每年都有人落水呢,还淹死过人,危险啊!

那样的桥,又怎会不危险呢?

二十来米距离,下面根本没任何支撑,不过几条钢筋铁索被固定在两岸,钢筋铁索上边铺着些用铁丝连在一起的木板。通过时,手必须要扶着高出来的那根绳子。应该有些年代了,木板下面的绳索都已锈迹斑斑。人走上去,不知道什么时候会断裂呢!

危险?来,危险,咱也要体验下,看有多刺激!章书记招呼着白镇长。

我?别看我来这儿工作一年多了,真还没走过!白镇长踟蹰着。

你实在该走啊!章书记踏上木板,一边试着挪动身子,一边说。

甄部长随着也跃上了桥,做着随时搀扶章书记的准备。

见两位领导都上了桥,白镇长只好勇敢起来,他扶着那高出来的绳索,也小心翼翼站上去,可盯着下面的急流,他感觉有点发晕,说,真恐怖,太危险啦!

危险?咱走一次就危险?那刘庄村村民天天为到镇上赶集、买东西、办事走它就不危险啊?刘庄村四十几个孩子天天为上学从上面往返,就不危险啦?章书记突然揶揄说,这么危险,你这一镇父母官儿怎么不想办法修呢?

修?想修过,可觉着这村还有通向镇政府的大路……便一拖再拖了。白镇长回应说。

有大路,村里人为啥喜欢走这桥呢?章书记问。

走大路太远,得绕二十几里吧……

哦,敢情这么走方便啊。章书记的话茬儿里似乎挺有意味。

仨人提心吊胆地,总算站到了河对岸。甄部长问白镇长,过一回桥,你找到原因了吗?

我不合格,因为这桥?白镇长一脸惊讶。

甄部长对章书记说:章书记,这桥还没能修好,让人揪心!这我有责任,我没能给这个镇推荐好干部啊!

章书记望望甄部长,又瞧瞧白镇长,感慨说,这桥,无论谁当领导,都必须得修啊,因为它不只是一座桥……

站在一边的白镇长,脸上羞愧得一会儿青一会儿红,他终于鼓起勇气凑上前,说:章书记,甄部长,我请求再给我次机会,我一定尽快带着感情修好这桥……

门 当 户 对

审查结束了,接下来该组织和律法的裁决了。待在看守所里,他心情反而沉静下来了。这个午后,吃过饭,躺在床上,他又想起女儿的婚事来。

本来,女儿在大学里处过一个对象。他见过那小伙子,憨厚朴实,有礼貌有眼力,女儿跟他两情相悦,有爱有情啊。可结果呢,让他搅黄了。原因是他嫌那小伙子家在山区,父母是土里土气的农民。用他的话说,门不当户不对啊!

之后,相了多少次亲,托了多少媒人,几经辗转,女儿才跟县土地局局长的儿子伟谈上了。这样呢,自己是副县长,亲家是实职实权的局长,总算门当户对吧?

偏偏,赶上女儿跟伟定亲这天,就出事了。

那天,全县乡镇工作会议还开着呢,女儿的短信就一条又一条地闪过来:爸,开完会了吗?等您呢;快点吧,只差您啦;您不来,我的定亲仪式怎么开场啊……

他哪会想到,一迈出会场,竟被市纪检委的人带走了呢!

刚被带上车那会儿,衣服口袋里的手机还不合时宜地唱歌呢。不必说又是女儿。他想接,可还没说话,手机便被人家拿走了。

一连几个月啊。他与外界的一切联系完全被隔绝了。

本来试图守口如瓶的,可终究在事实证据面前,他的精神防线彻底崩溃啦。交代吧,坦白吧。不交代不坦白又能怎样呢?

完了,全完了!奋斗了多少年啊!钻营了多少年啊!到头来这么一个结果,怪谁呢?党籍,公职,判不判刑,都听天由命吧!走到哪步算哪步吧!现在,唯一牵挂的却是女儿!

在他胡思乱想时,门响了。

他也懒得动,继续侧身冲着墙躺着。

蓦地,竟听到了女儿的声音,爸啊,爸,您……

他猛坐起来,扭头,果然见着了女儿。女儿拎着个大袋子,正抽泣着盯着他。瞬间,他呆住了。

女儿说,爸啊,您到底怎么啦?

他低下头,像个孩子,好半天,才说,丫头啊,爸丢了信仰,犯了罪,拿了不该拿的……

女儿哽咽着,说,爸啊,您说,您跟我妈全挣钱,咱家缺什么啊?

一句话,问得他沉默良久。

终于,他叹口气,勉强地笑笑,做出坚强的样子,说,已经这样了,说啥也没用了,甭管我啦,还是说说你吧——婚事,早订了吧?

女儿冷笑着,摇摇头。

咋?他惊讶地瞅着女儿。

您,您都这样了,还订个什么婚呀!女儿说。

咋?人家反悔啦?因为我,嫌你啦?他有些急,问。

那倒不是。是那天,听说您出事了,定亲仪式就没进行。女儿说。

哎,也好。这会儿咱跟人家门不当户不对啦,咱也不攀人家,省了以后人家踩踏你,让你受气!他安慰说。

唉,女儿叹口气说,爸,您还不知道,伟他爸也进来了!就在您出事没几天,他也被双规了,据说……

啥? 他稍愣片刻,笑了,说,这下好啦,真他妈门当户对了!

牛 什 么 呀

这天晚饭后,单位住宅小区广场旁边又聚集了几个常客:牛局长、张主任、马主席、赵副局长。先是遛圈。遛了会儿后,几个人便凑在一起说话。说话时,有伸胳膊的,有舒展腿脚的,有点烟的……

牛局长忽然注意到广场东边的单杠了。牛局长说,上学时我能做二十几个引体,估计现在,也能做十几个吧!

这个啊,我小学时候就能做十来个。马主席笑笑,说。

张主任说,我那会儿也不赖,也能弄十多个。

赵副局长望着他们,说,动作太简单,有什么呀?

啊? 便有人撇嘴,便有人说,过去已经成为过去,要不咱现在比比?

牛局长信心十足,说,行,谁最少,让他请客!

同意! 众人附和着。

谁先来呢? 牛局长问。

马主席说,您是局长,当然您先来啊!

对,对! 官大的先来! 赵副局长、张主任附和着说。

行! 牛局长兴致勃勃地来到单杠下面,说,我给你们先做做示范!

牛局长还真不含糊,他利索地在单杠上面上上下下着。

有马主席数着数儿。当数到十五个时,马主席说,行啦,您早稳居第一啦!

牛局长还是坚持着再做了两个,才故作轻松地跳下来,笑着说,咋样?十七个!

牛!张主任挑着大拇指。

是牛!不愧牛局长!赵副局长说,很牛,太牛啦!

哈哈,牛局长得意地晃着脑袋,说,看你们的!

马主席便上去了。马主席动作很夸张,用臂力攀升身体时,咬着牙不算,还连蹬腿带摇屁股。逗得看的几个人大笑得喘不过气来。

马主席只做了两个就撤下来。他拉着脸说,不算!全怪你们瞎笑!你们要不笑,我肯定能超过牛局的!

唉哟,马主席,你吃奶的劲儿都使出了吧?赵副局长扭着肥胖的身子走上前,说,看我的!

牛局长给赵副局长打气,说,你肯定行的,看你胳膊有多粗啊!

是啊,牛局说你行你就行!马主席说。

哪知,赵副局长身子一吊到单杠上,熊样便暴露了。只见他脸上的青筋憋涨着,竭力试图用臂力攀升身体,汗水也流了,可仍上不去。

唉哟,谁吃奶劲儿都使出来啦?马主席终于找到了报复的机会。

哈。吊着个大肚子蝈蝈!张主任笑着说,你,吃得太胖了!胳膊虽粗,可支撑不了肥身子啊……

接下来是张主任。张主任瘦小,可挺有力气,一鼓作气地做了一个又一个……

有希望超越,后劲尚足呢! ——莫非你想超越牛局? 马主席吐着烟圈,话说得挺有意味。

十五个啦! 牛局长嚷了一嗓子。

张主任做着做着却扑哧笑了。这一笑,完了,泄气了,他再没了刚才的勇猛,搞个挣扎的动作,放弃了。张主任跳下来,说,咋样? 除了我比不过牛局!

比赛完毕,谁最牛啊? 马主席故意问。

都服气了吧? 谁能牛过牛局啊? 赵副局长说。

张主任提议说,牛局得冠军,是不是得请客?

对,牛局得请客! 冠军不请客,哪有输的请客的道理? 赵副局长马上附议。

就是! 马主席当即支持。

牛局长笑了,刚要表态,偏偏这时,旁边走过来一矮小的民工。民工说,我试试,怎样?

你? 哈哈,你也会做这个? 马主席鄙夷地打量着民工。

试试吧! 牛局长大气地笑笑,说,你想挑战我的纪录?

民工已上去,轻松地做起来。

一,二,三,……十七……马主席数到十七时声音消失了,但民工还继续着。

牛局长开始还看着。看着看着,牛局长扭转身子,走了。

其他人见牛局长走了,也兴趣骤减,一个个随着走了。

仍在单杠上面上下的民工见他们都走了,自言自语说,牛什么呀?

烦　恼

这段时间都快烦恼死啦！张斌一坐到我家沙发上就说。

你个大局长烦恼什么,不是正过着革命小酒天天醉的日子吗？我回应说。

嗨,你不知道,这两天县里要民主推荐副县,二十几个候选名额里,推荐八个啊。这个节骨眼上,我怎么会不烦恼？

哈,是不是你也琢磨着钻呢？

我琢磨,兴得着我吗？

兴不着你,你烦恼什么？我说。

我烦恼什么？我烦恼什么？你看这不来了——说话工夫,张斌的手机滴滴滴地就响起来了。

张斌从口袋里掏出手机,向我摆着手势。我便不说话了。他把手机靠近耳边,说,哎,张书记,我这里方便,没外人,你说你说,咱哥俩没说的,哈,我当然推荐你啊。哈哈,你放心吧……

关了手机,张斌说,一个镇党委书记,让我投他一票呢！真麻烦！

投他就投他呗,你麻烦什么？我说。

麻烦什么？张斌刚要把手机往口袋里装,手机竟第二次响起,张斌笑着去接,说,李局长啊,哈哈,方便方便,你说吧,那事儿啊,我当然推荐你啊,哈,咱们弟兄谁跟谁啊,哈,放心吧……

你瞧,这不,财政局李局长,也让我推荐他,其实我和他在一起只喝过一回酒。哎,真麻烦!张斌感叹着,接过我递过去的水。谁知,他刚把水杯放到嘴边,手机再一次响起来……

不到半小时工夫,张斌类似的话便重复了一遍又一遍。

终于闲下来了。我指着张斌放到茶几上不再往口袋里装的手机,说,看来你真有点麻烦啊,干脆关掉它,反正你也不想钻!

关了它?说得轻巧!张斌笑了,说,身在官场,没了它,等于和组织失去了联系,还想活吗?后果怎样严重,你知道吗?

正在这时候,电话又响了。张斌当即跳起,听着踱步进到空房间去,点头哈腰地应着,哎,哎,魏部长!您说您说,我这里方便!现在我在车里呢,只我一个人,您说您说……好的……好的……好的!

好一会儿,张斌才回到我身边坐下。

我打趣地说,行,官场中人说谎真不脸红啊,你在哪个车里?你本来在我家里嘛!

哈,你哪里知道,这可是咱县委组织部部长的电话啊,我急慢了行吗?眼瞅着人家就成管干部的副书记了,眼瞅着咱的小命就掌控在人家手里了!张斌笑着,叹口气说,哎,真麻烦!这么多人打招呼,搞得我麻烦透了!

这当儿,电话竟不失时机地再响起来。张斌炫耀般拿起,说,你看,连手机都累——

哎,哎,兄弟你啊,什么,你说推荐我?别开玩笑了,光你推荐我,有屁用啊?光你一票有屁用啊?我不丢人啊?哈哈,什么,你可以帮着我再拉几个?也让我活动活动?我……我还真没想过呢,有戏?哈,好,那……

这次,张斌把手机装进口袋,脸上暴露着兴奋,走到门口,对我说,不行,我得马上走啊,有急事儿!

我说,怎么,更烦恼的事儿来啦?

哈。烦恼?烦恼死了!咱们老同学,我不瞒你,哎,看来我也得打几个电话……

说　　话

他刚毕业不久,在县委里当秘书。正开着常委会议,领导们在一个有争议的问题上,搞得有点僵,很明显分成了两派。他忍不住突然说话了,他说,各位领导,我也认为张书记不对……

他的话一出口,人们当即面面相觑,久久沉默。

幸好,主持会议的书记有涵养。他说,小周,你去我办公室里守电话吧。他才清醒过来,慌慌张张抽身而退了。

时间不长,他被放到了教育局,并挂了个办公室副主任的官职。

那一次,开局党委会议。与会的是副局长以上人员。人们正讨论着,在一边做记录的他竟又插话说,我认为刘局长不对……

他的话一出口,会场里还是鸦雀无声,人们仍面面相觑。

之后,刘局长就火了。刘局长说,你有什么资格发言?出去!

不久,他就被调到城关中学当老师了。这一天学校里开会。校领导坐在主席台上,谈论的是教师下岗问题。校领导说得眉飞色舞,人们听得战战兢兢。他就从自己的座位上站起来,问,我说一句话成吗?

校领导愣住了,与会的老师们也愣住了。人们好奇地盯着他。

他说，我想问下，领导们会下岗吗？

这一下子，人们像看稀有动物一样看他。其中一个领导打圆场说，你喝多了吧？该冷静啊！

他说，我很冷静啊，我根本没喝酒啊。

他竟对同事们演讲了，他说，应该民主嘛！应该听取人们的意见嘛……

谁都不说话。

几个月后，校领导通过教育局把他弄到山区的一所小学了。

小学校里只有几名老师。当然也免不了开会的，这个时候的他，似乎认可了什么。一次小学校长召集人们开会，真诚地要大家发表意见。他却耍滑了。他说，领导想怎样就怎样吧，俺没有意见。他心里想，我要是当了领导，会让每个人都发表意见吗？

一晃十几年过去，他以前的一位领导竟拉了他一把。他就成领导了。

还是开会，不过这次，他坐在了主席台上，讲话的人是他了。

他讲得正起劲儿时，出人意料地，竟有人突然说他讲得不对，说他应该听听群众的呼声。

他的脸瞬间就耷拉下来了。他尽力想使自己保持深沉些，可终究还是忍不住抬高了嗓门，斥责道：你算什么人，这里有你讲话的权利吗？

热　　脸

　　这一天上午,贾老师正在办公室里备课呢,外面一个同事进来说,贾老师,外面有人找……

　　还真有人找。来人是个老头,高个儿,满头银发,精神矍铄的样子。贾老师看到来人,当即认出来了,来人是全国闻名的赵作家啊。

　　贾老师高兴地迎过去,说,您怎么来啦?快请!

　　贾老师是在一个文学笔会上认识赵作家的,两人很投缘。那次活动中,赵作家曾说,方便时,我会到你的工作单位看看的。当时贾老师还以为赵作家开玩笑呢,可想不到今天还真来啦!

　　等把赵作家领到自己办公室,客套了一番后,贾老师想,乡村中学能来名气这么大的作家,怎么也得让学校领导知道啊。贾老师便倒了一杯水递给赵作家说,赵老师,您先稍坐,我出去下……

　　贾老师就进了校长的办公室。校长正端坐在办公室里看报纸呢,贾老师颇有些激动地说,校长,报告您一个好消息,咱学校里来了个大名人,您见见不?

　　名人?什么名人?校长望着贾老师。

　　贾老师尽量抑制着兴奋,说,大作家赵老师来咱学校了!

　　赵作家?校长望着贾老师,问,哪个赵作家?他什么官?

　　他,现在也不再是什么官,早退了,可在全省乃至全国都是名声赫赫的,连学生课本里都有他的文章呢。贾老师说。

哦,校长稍微想了想,笑笑,说,一个退休的老头,我见他干吗?他有名没名跟我有什么关系?我还以为什么大领导呢!算了,不见。

不见?贾老师的热情瞬间被冷水泼没了,说,我还担心不告诉您不好呢。贾老师失望地退出来,又返回了自己的办公室。

贾老师和赵作家开始聊起了文学。聊了一会儿,赵作家说,我想在你们校园里转转,成吗?

好啊,我陪着您。贾老师说。

因为这几年政府投入很大,校园环境还挺有特色的:花草,树木,楼房,硬化的地面,板报,橱窗……贾老师领着赵作家溜达着。

偏偏,在甬路上,与校长碰了个面对面。

甬路很窄,不说句话好像不够礼貌。在彼此要错开的时候,贾老师禁不住给校长介绍说,校长,这位就是著名的赵作家。同时,贾老师又转向赵作家说,这位是我们学校的校长……

校长依旧保持着领导的矜持,只是轻轻点了点头。可赵作家很友好,大方地伸出右手,说,校长先生,您好,认识您真荣幸!

校长见赵作家这样子,也被动地跟赵作家勉强地握了下手,但瞬间就松开了。然后,校长连话也没说,转身匆匆走了。

咱热脸碰上了冷屁股。赵作家悄声说。

这情景,连贾老师也觉着失面子。

等重回到办公室,贾老师和赵作家又聊。聊着聊着时间就长了。贾老师瞅着到了吃中午饭时间,就说,走,咱去吃饭,边吃边谈。

赵作家想了想,说,你当老师的,也不容易。这样吧,我打个电话。

赵作家就用手机打了个电话。打完电话,赵作家说,他马上就到,咱让他请咱……

他是谁?贾老师有些困惑。

他不是外人,是你们县长,我的一个学生呢。

啊!贾老师心里惊讶,也有几分欣喜。

两个人就等着。

不到二十分钟,校园里有动静了。不光县长到了,教育局局长也到了。

自然惊动了校长。校长一看到局长的胖身子,早慌忙小跑着凑上去,要跟局长握手。可伸出了手,却发现局长根本没有握的意思。正尴尬着,才见到局长后面随着县长呢。

这时候,赵作家和贾老师已经站在院子里了。县长瞅见了赵作家,便径直从校长身边穿过去,紧握住了赵作家的手。

县长对局长介绍说,赵作家是咱省的一张文化名片,走到哪儿荣光到哪儿啊。

您就是赵作家啊,久仰久仰!局长也很热情地跟赵作家握手,说,认识您真荣幸!

这工夫,晾在一边的校长明白过来了。他瞧着县领导局领导对赵作家恭敬的样子,态度也变了,挤上前,笑着说,赵作家,认识您真荣幸啊!都怪贾老师,怎么不给我介绍清楚?瞧,差点怠慢了您呢!

他又讨好地望着县领导局领导,说,这样吧,赵作家,两位领导,中饭我来安排?

哈哈,不了,赵作家笑笑,摆摆手,拉着贾老师手,说,走,咱还是上县长的车……

啊,校长呆了呆,尴尬地望着贾老师同赵作家钻进了县长的车,远了。他喃喃着,想不到,咱这热脸碰上了冷屁股!

瘾

他离不了烟。十年前,他妻子同别人跑掉的那天,他就蹲在我家院子里,一根接一根地抽着烟。两整盒烟都抽完了,他还要抽,似乎不抽就活不下去似的。那时候我还不会吸烟,家里当然也不放烟。可他还是禁不住几次问我有烟没有。我说没有。我又说真没有。他终究不相信我了,便乱找。我说,别找了,我怎么会有?他没了办法,想去小卖部里买,一看时间早过了半夜,哪里会有人开门呢?

这种情况下,你还有心情抽烟啊?我说。

不抽,我更难受啊。他说。

说不准你妻子就是受不了你嘴里的烟味儿才跑的!

她?她是嫌我没本事啊!她是羡慕人家有外捞儿啊!他闷着头,说话工夫,眼睛就亮了,像久行沙漠的人见到水般突然来了精神。他跳起,从我家书桌上撕下一片纸,然后,竟从地上把刚扔的烟蒂拾起来,小心地撕剥开了。很快那些黄里夹黑的烟丝们便又被包上了。

他吸吮着,那烟火的光亮忽闪忽闪的。看着他那贪婪的样子,我感到很好笑。

当时,他一般抽一毛二分钱的马樱花牌,属于最便宜的那种。

我数落说,多脏啊,快扔了吧!

他眨巴着眼睛,说,这算什么,以前还卷过山药叶子呢!

时来运转,赶上公司里人事大变动,他当官了,成了中层领导。

当了领导,当然就有了些权力。

这一天,我去他单位找他玩儿。赶上他正送一个老板模样的人。等我随他进到办公室的时候,见他桌子上平放着两条烟。

我说,当领导还是好啊,有人给你进贡啦!——打开个,尝尝!说着我走过去,发现两条烟不一样的,一条是翻盖的时代版熊猫,一条是珍品云烟。因关系不一般,我就随意了,顺手抄起那条珍品云烟。刚要仔细观看,他早从我的手里抢过去,说,这个不能动的,那个熊猫你可以随便拿。

怎么?这个贵?

他狡黠地笑了下,说,不,那个贵!他又笑说,咱这关系,怎么能让你抽便宜的,是不是?说话工夫,他早忙乱地把那条珍品藏进抽屉里去。再隔了会儿,好像唯恐我会发现什么秘密似的,还用锁把那个抽屉锁上了。

我瞧着他反常的样子,开玩笑说,莫非里面藏着玩意呢?

哈,净瞎说!谁会把玩意藏到烟里啊?来,尝尝这个,我也是头一次抽它哟!一个亲戚给捎来的。哈,人生如梦,该享受的就享受啊,现在我抽这样的烟都上瘾啦……

接下来,就是两年后的事情了。我外出回来,正好路过他工作的那个公司,等我兴冲冲地敲开他曾住过的办公室,想不到里面竟换了新面孔。我便只好打听他的情况了。人家说,他因索贿丢了职位,而且连工作也没了。

我就呆了,好半天。

最后,我还是决定去看看他。路上我花十块钱买了盒云烟,软包装的那种。

他刚好在家。见到我,竟躲闪着,脸上暴露出落寞而久经沧桑的神情。

为了打破尴尬,我把烟递过去。

他见了,盯着,愣怔着,摆着手,说,不抽!

怎么,嫌不够档次?

你知道,我不在乎档次的!他说。

那,莫非戒了?

怎么会?上了瘾就成了毛病,很难戒的。

可为什么不抽呢?

不是不抽啊,是不抽你那烟!他有点不情愿地摇着脑袋,见我脸上显露出不解,忙又说,为什么不抽呢?因为我有啊。我抽这个!便宜的,才两块五!他淡笑着,从自己的口袋里摸索出了一盒烟。

我看着他抓在手里的烟,说,这是最低档的了,来,我这好歹算名烟,好抽着呢。

他苦笑,却不用手去接,说,不是不想抽啊,是不敢抽!

不敢?这年头,什么人还管着你不成?来一支吧。我说。

他说,不,绝不,我再不抽那种了,我怕……

怕?你怕什么?

嗯,其实也不怕别的,我怕再改了口味,还会惯出自己毛病来!他沉思了会儿,说。

一 捆 韭 菜

　　腊月二十九,王婶儿让老王去超市买韭菜。不一会儿,老王就回来了,只买回来了一捆,价格是每斤四块多一点。王婶儿说,明天三十了,还要包饺子呢,你不会多买点?老王说,我也想多买点,可转念一想,这个超市大年初一也开门的,咱挨着超市这么近,天天都去,干吗不买新鲜的呢?

　　王婶儿当时想想也是。可不料,等第二天王婶儿再去,超市里的韭菜早每斤涨到了八元。咋一下子这么贵了呢? 王婶儿站在蔬菜区那儿嘀咕着,买还是不买呢?

　　终究,王婶儿心疼钱,决定还是不买了。她想,家里有预备好的白菜和大葱,干吗非吃韭菜馅儿呢?

　　王婶儿很郁闷,一回到家,就对老王唠叨个没完没了:你不知道年三十还包饺子啊,你不知道大年初一还吃饺子啊,你干吗不趁便宜多买点呢? 得,现在涨价了!

　　涨价了,你就不买了? 那么一捆韭菜能多花多少呢? 老王也来劲了。

　　涨价了,还非吃它呀! 王婶儿一面说,一面手里剥着一棵大白菜要去剁馅儿。

　　这时候,小孙子跑过来了。小孙子说,奶奶,我就吃韭菜馅儿,我只吃韭菜馅儿。说着说着,眼泪还吧嗒吧嗒地下来了。

　　老王更有火气了,老王说,不就一捆韭菜吗? 大过年的,多少

钱咱也买得起！老王披上羽绒服就去了超市。可到了超市，卖韭菜的那个地方，正排着队呢，而且价格又涨了：每斤15元。15元就15元吧，过年的韭菜跟平常时候的韭菜不一样嘛。

谁知，快轮到老王买的时候，超市里的韭菜还卖光了！

老王垂头丧气地往家走，肠子都悔青了。是啊，那天干吗不多买一捆呢？

老王一进单元楼，正巧碰上同单位的小张。小张就住在自己的楼下。老王就跟小王谈起买韭菜的事儿。小张说，不就一捆韭菜嘛，我家里刚好多买了！你等着，我给你拿一捆吧。老王还推辞呢，说，不了不了，我们还是改吃别的馅儿吧。小张说，咱谁跟谁啊！你稍等。说着，小张早颠颠地跑进家里去了。就在老王愣神的工夫，小张已把一捆韭菜拎出来，递到老王的手里。老王迟疑着，问，你给了我，你家里咋办？小张说，我家里还有呢。

老王又问，真的还有吗？那我可就真拿走了。唉，等等，我得给你钱吧，多少？

见外了不是？小张笑笑，说。

自然，有了这捆韭菜，老王家里的饺子吃得高高兴兴、舒舒服服。

过了初三，王婶儿从大街上遛圈儿回来，要拐弯了，就听见小张正追着一个人说话呢。小张手里拿着钱，说，哎，三十那天你给我买的那两捆韭菜我还没给你钱呢，一捆二十，两捆四十，对吧？

王婶儿听得清清楚楚，心里当即就不平衡了。王婶儿想，二十块钱呀，咱哪能白占人家便宜呢！

王婶儿从后面叫住小张，说，小张啊，这是那天的韭菜钱，你拿着！

小张愣了，说，什么呀，你要给我钱，不是打我的脸嘛？

那么贵的韭菜,我们怎么能不给你钱呢,拿着,拿着。说着,王婶拿着钱就硬往小张的口袋里装。

小张躲闪着,说,不就一捆韭菜吗?才值几个钱啊?

过了半天,王婶儿感觉到了,给钱小张不会要的,也似乎不好。王婶说,那……

那什么呀,孝敬老王我不是应该嘛?小王说。

小王这么一说,王婶儿心里的疙瘩更大了。

正月初四,王婶儿到了超市,超市里刚进了新鲜的绿绿的韭菜呢。只是,王婶儿看看价格,上面标价很清楚:每斤2.5元。王婶儿心里先是激动,继而又郁闷了。最终,王婶儿还是买了两捆。

等王婶儿敲开小张家的防盗门,小张看到王婶儿手里的韭菜,就全明白了。

王婶儿说,韭菜是韭菜,这个奶粉你也拿着,这是俺给你孩子买的营养品,算一点意思吧。

小张尴尬地说,嫂子啊,你呀你,不就一捆韭菜嘛,你干吗这么认真呢?

王婶儿说,哎,谁让老王当局长呢。我这当夫人的,就算占人家一丁点便宜,心里也觉着不踏实啊!

父债子偿

（一）

（时间：1999年的某一天。地点：某省某县刘四饭店）

李乡长腆着肚子从雅间里走出来，大声喊着，老板，买单！他的身后，一溜随从。

刘四赶忙笑着迎上前，说，李乡长，这一次看来要给现金啦！

多少？二百四十五？那，再拿盒烟来，凑三百！还记账！

李乡长，这饭费凑一块都八万多啦！我这小店快承受不了了……刘四赔着笑脸。

莫非乡政府还不起你这点小钱？真是的！等过年一块算！李乡长耷拉下脸。

可我真周转不过来了呀。要不多少先给点儿，行吗？刘四显出一脸的苦相。

哈哈。等等，再等等吧。

刘四无奈，只好拿出一张条子，看着李乡长在上面龙飞凤舞地签上了名字。

（二）

（时间：2000年5月的某一天。地点：某省某县刘四饭店）

什么？李乡长调走了？你说的可是真的？瞬间，刘四被砸蒙了,好半天才醒过来,追问着,他调哪儿去了?哦,我得赶紧去找他……

(三)

(时间:2000年5月的某一天。地点:某省某县审计局办公楼)

刘四惴惴地轻敲着挂有局长办公室牌牌的房门。

请进。

刘四心里一喜,点头哈腰地钻进室内,说,李乡长啊,果然高升到这里了啊。不,该叫您李局长啦。您看,这些条子……刘四打开皮包,摸索出一沓用夹子集在一起的条子。

哈哈,这个吗?老刘,你咋不提前找我呢?你看这不,我都调到审计局来了,那饭费可是在你们乡欠的。现在你应该去找那个新乡长啊!李局长口气里明显透露出不高兴。

可是,那个新任乡长说,谁吃得找谁要啊!刘四哭丧着脸。

简直岂有此理!哪有光继承遗产不理睬欠账的道理?李局长显得很气愤,沉默了片刻,说,不过,你也甭急,我帮你慢慢想办法。

(四)

(时间:2004年7月的某一天。地点:某省某县刘四饭店)

什么?李局长被切下去了?你说的可是真的?哎哟,这,这么快……我的欠账哟!刘四都急得哭起来了。不行,我还得去找他!要再不给,我就告他,不成跟他玩命!

（五）

（时间：2004年7月的某一天。地点：某省某县一条狭窄的小道上）

李局长啊，您说，我那账怎么办？刘四堵住了退下来的李局长，硬硬的话语里已带上了怒气：您签的字，您领着吃的，这么多年了，我也只能向您要了！您说咋办？

哈哈，退下来的李局长看着刘四的样子，竟忽然笑起来了。

弄得刘四摸不着头脑了。

刘四老弟，不就是几万块钱的饭费么，好办！

好办？刘四呆愣了，那您说怎么办？

哈哈，这个事儿，现在太好办啦。

怎么？刘四更傻了，现在，莫非您自己掏腰包？

当然不。是这样啊——退下来的李局长凑到刘四面前来，一副神神秘秘样子，说，现在刚派到你们乡的那个乡长，他，他是我儿子啊！

哦。片刻，刘四的脸上溢出笑容来。

人　情

什么？你说什么？局长举着电话惊住了。主治大夫在电话里说，老爷子在医院失踪了！

老爷子已经退休多年了。在退休之前，老爷子参加过抗美援朝,还曾在县里当过二十多年的公安局局长。退休以后的老爷子喜欢清静。有那么一段时间,老爷子家里的确少有人来。就连以前老爷子当局长时的一些常客也悄然没了踪影。清静也好! 想干什么就干什么,想想什么就想什么,没人打扰,多了自由啊! 老爷子对儿子说。

到了二十世纪九十年代末,儿子的官竟越做越大,还超过了老爷子的级别,当上了市公安局局长,成了市委常委。有了重要职位的儿子便忙了,很少再回老家来看老爷子。按说,老爷子家里应该更清静吧?可是,老爷子家里却不知不觉又热闹起来了。

尤其到了过年过节的时候,就会有一批一批的客人纷至沓来。当然,都不是空着手的,都带了各种各样的礼品。每一次,都惹得老爷子很恼火。干什么,这是干什么? 什么时候时兴这一套了? 都拿走,都走! 以至于有一天,老爷子真发火了,他把人家送的茅台酒扔到门外面了。即便这样,还是源源不断有人来。

慢慢地,老爷子学乖了。一进屋便锁门,任谁怎么敲,任谁怎么摁门铃,就是不开门。

可就在这一年,一场大病,老爷子住院了。老爷子一住院,理所当然就需要他唯一的儿子——市公安局局长来照顾了。

老爷子住院了,局长的老爸住院了! 这消息一传开,呼啦啦一刮风,便吹来了一拨又一拨探视的人流。

这一天,老爷子的病房中静候着一些人,连病房外边的楼道里也是拥拥挤挤的。

老爷子醒来了! 有人在病房里兴奋地叫,有人凑上前去问候,有人试图帮着老爷子坐起来,有人急忙去端水,有人赶紧去喊护士。有人说,局长,您就不用劳驾了啊,有我们呢! 人们似乎比局长更用心,照顾得似乎比局长还仔细!

老爷子坐起来了。当他瞧清楚了周围的人,特别是当他看到了那一双双关切的眼睛和床边那摞得高高的营养品时,也不说话,只是摆着手。那意思很明白的:你们在这儿干什么?你们都走,忙你们的事情去!

老爷子瞥见了儿子,这才说话了:你让他们走!你也走!找这么多人守着我干吗?我这里有医生,有护士啊!

老爷子的脾气又来了。人们似乎又看到了当年那个刚毅果敢、不近人情的老革命!没办法,一个个只好识趣地随着局长退出来了。

哪料想,第二天竟出事儿了呢。老爷子竟然在大白天里从医院里失踪了!

局长刚放下电话,办公室主任便过来问,怎么,出什么事儿啦?

老爷子丢了!老爷子在医院里走失了!局长急火火地说,老爷子怎么会丢呢?我得去看看!

听说局长到了,医院院长赶紧带着人凑上前,一遍一遍说着抱歉的话。说老爷子是趁着上厕所时离开的。说老爷子只在床榻边上留下了一张字条,你看你看,这上边有字呢:

儿子,我以为你走了,会清静些,谁知还不断有人来打扰,我只好转院了!我去了一个很清静的地方。不要找我,你只需要把你自己的工作做好啊!还有一点我提醒你,接受人家的人情也是受贿,你得当心啊!

人情贿赂?哈哈,老爸的脑袋里怎么冒着这样的念头呢?局长把字条撕碎,暗笑着老爸的迂腐:这年头,有些事儿不讲些人情可能吗!

老爷子会去哪儿呢?老爷子有个好歹怎么办?老爷子知道

不知道局长的下属们也牵挂着他的安危呢?

下面这一幕是老爷子绝对不会想到的:市局以及市局下辖单位的几百辆车分赴附近各市区县的大大小小医院,开始了寻找老爷子的行动。

没有!

没有!

没有!

……

老爷子到底去哪儿了?

焦　尾　琴

我的故事当追溯到公元2世纪末。

其时,我还是吴地溧阳的一段桐木,落在一家寻常庭院的柴堆里,做着不很现实的梦。

这一天,从厅堂那边传来的琴音,如愤激的河水流淌着一种孤高意远的悲伤。我知道,那是避难的蔡邕先生正用一种独特的方式抒发情怀呢。

太不公平!我小声地嘟哝着,我为什么不能成为先生抚爱着的琴呢?我的经历,我的材质,我的激情,我的内能……哪一样不比他弹奏的那个强?

哈哈,这是命运啊!同类们嘲讽我。

可是,我不是一般的桐木啊,我是有志向的桐木啊!我喃喃道,想表露自己与众不同。

你? 等着吧。身边的家伙们继续对我挖苦,你再优秀,还不同我们一样,等着一同化成灰烬?

还真是。话刚说完,我就被人拉拽到了灶火边。再眨眼工夫,又被扔进熊熊燃烧着的灶膛里了。

我就这么完了? 我的理想呢?

我怎么能甘心! 我哭喊,我撕心裂肺地喊着,我绝望地高喊:救命,救命啊……

据传那个蔡邕先生能明察秋毫,据传即使些微的声音都逃不过他的耳朵,他能听懂我的语言吗? 他会来拯救我吗?

我何其有幸! 蔡邕先生真跑过来了,他后面还跟随着美丽的文姬小姐。他神色慌张地跑过来,嚷着:快别烧了,别烧了,这是块难得一见的好材料啊!

在做饭的女东家发愣的当儿,蔡邕先生的手伸进了炉膛,硬生生地把我从里面拉了出来。我身上还燃着火呢! 他的手顷刻间就被烧伤了。可他似乎也不觉得疼,还惊喜地又吹又摸呢。

那一刻,我泪流满面。多少年来,谁如此抚慰过我? 谁如此爱怜过我?

这是一块好材料啊,这是难得一见的好材料啊! 蔡邕先生打量着我,兴奋地如同捡到了宝贝。一瞬间,我感觉,他忘记了他的落魄还如我刚才一样呢。

之后,蔡邕先生对我精雕细琢,我才成了一张琴,一张好琴,一张名琴。因为我的尾部有烧焦过的痕迹,他给我起了一个名字,焦尾琴。焦尾琴,多么让人感伤的名字! 这把琴记录着我一触动就痛的往事啊!

倘不是碰上蔡邕先生，我的命运会怎样？

知遇之恩啊！我发誓，我绝不辜负蔡邕先生！

我开始追随主人继续流浪的日子，继续品味人世间的冷暖。

我和他时常用特殊的语言进行着特殊的对话，进行着灵魂深处的沟通。从先生弹奏的《高山流水》里，从先生吟诵的《述行赋》中，我聆听到了他内心的失落和渴望，我感受到了他对国家的担忧以及对人民的同情。

命运就是相遇。蔡邕先生发现了我，可谁又来发现蔡邕先生呢？

飞扬跋扈的董卓来了征召令。

因为李儒的极力推荐，把持朝政的董太尉才让我家主人进京。进京意味着什么？当官啊。那是多少人梦寐以求的事情！

可是，我家主人通过我张扬出的却是马不停蹄的忧伤。抚着抚着，先生愤怒了，以至于挑坏了我身上的两根琴弦。我第一次发现先生脾气这般暴躁，他拍着桌子，说，我怎么会侍奉一个奸贼呢？我怎么会向一个流氓无赖低头呢？我不会去的！你们就说我病了，去不了！

不去？使者倒不慌不忙的，说，太尉谕令，你不去即杀你全家，灭你九族！你看看外面的兵丁们吧……

主人傻眼了。走吧，怎么可以因为自己株连更多的人？

不得已地长途跋涉！我躺在少主人文姬小姐的怀里，随着蔡邕先生北行。然而北行，会掀起多少痛苦的过往？单从蔡邕眉宇间能看出些端倪。

后来的情况是我们想不到的，董卓竟对我家主人欣赏有加：署祭酒，举高第。三日之间，周历三台。迁巴郡太守，复留为侍中。初平元年，又拜左中郎将，因为从献帝迁都长安，再封高阳乡侯。

自然不会再落魄了。尤其使主人心情舒畅的是，终于有机会达成心愿，可以进行《汉史》的写作了。有那么一些日子，主人少有地弹奏出些昂扬向上、春风得意的曲子呢。

然而，转眼间，董卓被诛，天下更乱了。

那一日，主人行走中见有尸体仆倒在地，周边人等皆不敢前，而他好奇地凑上去。当认出是董卓，主人出于礼节和义气，就禁不住扑在上面大哭了那么几声。

这还得了？便惹恼了新贵王允。天下人皆庆贺不已，你怎么敢哭丧呢？司徒怒问。

主人还实话实说呢：只因一时知遇之感，不觉为之一哭。

知遇之感是一种什么感，值得你不顾后果地痛哭？你怎么看不清形势呢？终究主人大祸临头，未能躲过死劫。

我遇上了好主人您，可您所遇非人啊！

当我徘徊在古都长安的角角落落，感应到主人遇难的信息时，刚经历过丧夫之痛的文姬小姐正疼爱着我。那一瞬间，我挣断了身上的所有琴弦，试图告诉少主人：知音已去，谁人会听？

的 卢

我只是一匹马,如同关云长的青龙刀只是刀一样。

我眼下有泪槽,额边生白点,雄壮高大,人称我的卢马。可坊间传言,我是一匹妨主人的马。

其实,我怎么敢妨主人呢?难道我不清楚,我得靠主人生存,我得靠主人成名?其实,说我妨主人的人,都是别有用心的。就连罗贯中大侠也一样,他只不过是想为以后写庞统之死埋下个伏笔嘛。

叛将张武怎么会是我妨死的?请想,当常山赵子龙冲过来的时候,是我马失前蹄了,还是我打盹睡着了?你张武自己没本事,即使我是小白龙,也救不了你呀!

仅三回合,赵子龙便斩将夺马。于是,我就换新主人了。

刘玄德惊喜地瞧着我,拍着我的头,摸着我的鬃,称赞说,此必千里马也。

新主人的一句话,我的心里早温暖一片,眼里早热泪盈盈了。我知道,总算遇到懂我的人了。

我舔舔新主人的手掌,向主人表示:我会鞠躬尽瘁地报答您的!

以后,新主人果然待我不错,不仅让我享受千里马的待遇,还给我精神上的满足呢。

这一天,主人骑着我去见刘表。刘表见了我,那目光里明显

流露出艳羡和占有欲。但我清楚,他欣赏的只是我外表的美貌。

刘表说,兄弟,这匹马好啊……

刘玄德当时还寄人篱下呢,他何等聪明,立即大方地说,倘兄长喜欢,尽管拿去吧!

我便嘶鸣了几声,表示抗议。

刘玄德能通晓我的意思。他笑着,只悄悄给刘表身旁的伊籍先生递了个眼色,伊籍先生明白了。伊籍先生沉吟片刻,就把谋士蒯越拉到了一边,编出了我妨主人的鬼话。幸好蒯越是宁信其有、不信其无的,赶紧对刘表说了。自然,刘表这个弱主就不敢再垂涎我了。

常言说,宝马配英雄啊。我当然愿意追随懂我的英雄。当时天下有几个英雄呢?曹操曾言:唯使君与操耳。

不久,就赶上那个蔡瑁设计要加害主人了。幸亏伊籍先生报信,主人才骑着我从后门逃跑。可跑着跑着,慌不择路,让檀溪阻住了。那会儿,后面全是追兵啊。

刘玄德驱使着我,想从檀溪蹚过去,岂料中途,我的腿猛地陷进淤泥里,一时间动弹不了了。

我急了,主人也急了。主人揪我的肉皮,贴近我耳朵说,的卢啊的卢,你的潜力呢?你绝不会妨我的!

主人竟知道特殊情况下更需要沟通思想的。

这样的主人,我怎么可以辜负呢?顷刻间,我的千里之能便被激发出来了,我一跃数丈,跳过了檀溪。从而成就了一段佳话。

后来的故事就和凤雏先生有关了。

当那位浓眉掀鼻、黑面短髯、形容古怪的庞统先生站立在我面前时,我对他真没有多少好印象。因为他对他的坐骑——也就是我的同类,并不怎么友好。那天,我俩一起在山边吃草,同类还诉苦说,他经常会饿着肚子被凤雏主人驱使,时不时还遭到鞭打呢。

只为此,我十分讨厌这位军师中郎将。

从某种意义上讲,你也不过是我主人的一匹马嘛,又何必虐待马呢?你应该清楚,当时最看重你的是曹操。曹操对你本言听计从,你却看不上曹操,骗了曹操。你只单相思着孙权,可偏偏孙权既瞧不上你的容颜,更瞧不上你狂妄自大的性情。这样,你才来到了我主人这儿。那会儿,你只需拿出诸葛先生和鲁肃先生的信,就会受到重用。偏偏你不屑那么办,而去当一个县令,仍故弄玄虚,恃才放旷。结果呢?还不是因为诸葛先生的极力举荐,你才有了进兵西川施展才华的机会?由此看来,你是一个不会走捷径的笨人啊。

那一日,你的马把你掀下来了,摔了个厉害,弄得你全身都是泥。你该想到的,你不珍惜你的马,它怎么会好好侍奉你呢?

看着你那狼狈样子,我兴奋地嘶叫。

当着主公的面,你感到很丢面子。

主人却安慰你说,军师啊,你怎么可以骑一匹劣马呢?来,咱俩换换……

咱家主人很擅长这一套。你难道没听说过主公摔孩子买人心的典故?

你太实在了,这才要命啊!你真与主公换了马,并且感激涕零。那一刻,你已经有以死报答主公知遇之恩的决心了。

骑上了我,真那么荣光吗?你应该知道,我更是敌人的靶子呢!

当时,我甚觉不快,怏怏而行。我清楚,主人割舍我,出卖我,就是想换取你的赤胆忠心啊!

自然,你的心态不再冷静了!本来孔明先生已经派马良提醒你了,嘱咐你谨慎用兵。可是,你反而以为人家是和你抢功,以为人家嫉妒你!

你要替主公挡飞蝗般的箭矢只管去好了,可为什么还扯上我哟?

落凤坡前,我成了你的陪葬品,还一不小心落了妨你的坏名声。

你摸着良心说,你是我妨死的吗?

再强调一下,我只是一匹马,如同关云长的青龙刀只是刀一样。

卞　和

那年夏天的一个午后,我同往常一样,混迹在荆山众多的石块中,正浑浑噩噩地在太阳下面打盹儿呢,卞和来了。我本是星精灵啊,还是珍惜缘分的,就冲着这个健壮的汉子眨了眨眼。

岂料,那一瞬间,我的身子竟放光了。偏偏,让敏感的卞和见到了。等他惊奇地盯向我时,我才意识到暴露原形了,赶紧慌慌着收敛光芒。可已然晚了,卞和早跑到了我跟前。卞和把我举起来,迎着着阳光看。他还从地上捡起一块小石头,轻轻叩击我的皮囊。之后,他笑了。

他脱下上衣,把我裹了,抱起,跑回家去。沿着小道,拐过树林,越过田野,他跑啊跑。一进家门,他喊着,娘,我捡到宝贝啦!

卞和娘扭头，只扫了我一眼，就笑了，说，孩子，别做梦啦，明明是块石头嘛……

卞和说，娘啊，它真是宝贝，绝对是宝贝！

哪儿有那么多宝贝！卞和娘随口说了句。

它一定是宝贝。卞和执拗地说。

你当它是宝贝，那藏起来吧。卞和娘说。

藏起来？怎么可以藏起来呢？藏起来，它岂不被埋没了？

那，你还想怎样？

把它献给王，率土之滨莫非王土啊！

献给王？王岂是那么好见的？再说，要是人家不把它当宝贝呢？

可除了王，谁能知晓它是宝贝呢？卞和说，只有到了王那儿，它才可以实现价值。

终究，卞和背着他娘，怀揣着我，去见楚王了。

楚王瞅着我，一脸茫然，便把鉴宝专家找来了。专家姓伪，楚王称他伪专家。伪专家刚看到卞和，脸上便露出了不屑，那意思很明显的：你这等身份的人，怎会有宝呢？不过，伪专家在王面前，还是观察了一番，才指着卞和说，你怎么敢拿一块石头，想骗封赏呢？大王是那么好骗的？

一句话，激怒了楚王，卞和的左足被砍掉了。

回来，邻人嘲笑他说，想发财想疯了？敢去骗王？王是那么好骗的？

卞和怀揣着我，沉默着，跛着足，悲哀地行走在时光里。以后，他经常摸着我，对我说，跟着我，委屈你啦。我知道，你也不甘心总做一块石头的！

卞和啊，你怎么就断定我不甘心做一块石头呢？做一块石头

又有什么不好呢?我嘟囔着,但卞和听不到的。

武王即位的消息给卞和带来了新希望。邻居耍笑他说,卞和啊,新王当政了,你不敢再行骗了吧?——何必呢,若真是宝,自己藏着玩好了,干吗非给别人呢?

谁会想到,卞和那么执拗呢,真去拜见武王了!路上,卞和还对我念叨说,只有王才可以改变你的命运啊。

这回,武王再把伪专家请来了。伪专家看到卞和,愣了。他想不到卞和会如此执着。再看到以前的我,他更吃了一惊。这一次,他观察得仔细了些。我瞧得出,有一瞬间,他好像心虚了,连额头上也冒汗了呢。我天真地以为转机要出现了!可是,伪专家仍指着卞和,冷笑说,你这个骗子,没骗得先王,却来骗新王了,莫非新王是好骗的?

卞和还没反应过来,武王恼了。这样,卞和又失去了右脚。

当卞和紧抱着我,爬行在大街上,有那么多人围观啊。可谁会同情骗子呢?

人们说:这个人疯了,又骗新王呢!瞧瞧吧,如此下场啊!

为一块哑巴石头,失去双脚,值得吗?

……

连我也困惑了,卞和到底想干什么呢?难道仅仅为我的处境而抱不平?偶尔,我也会想,你啊你,凭什么想要改变我的命运呢?

在破旧的茅草房里,卞和抚着我,说,璞石啊,你不会被埋没的,你总会有光辉的未来!说着说着,卞和流泪了。他的眼泪滴在我皮肤上,渗进我内心里,使我感动不已。

弹指一挥,几十年过去了。

当文王的车辇出现在荆山脚下,老态而重残的卞和已期待了三天,也有模有样地痛哭了三天。

有人禀告文王说:路口有个人,哭泣不止,连眼泪也滴成血啦!

自然吸引了文王关注。文王命人把卞和连同我弄到了面前。文王说,老人家,您如此恸哭,因为失去双脚吗?

卞和举起我,摇头说,不是啊,大王,我在为这宝贝而哭啊……

宝贝?文王疑惑地瞅向我。

大王,它是宝玉啊,倘有欺骗,我甘愿再被剜掉双眼!卞和发誓说。

这一次,文王剖开了我。

真相大白了。

以后,我得了"和氏璧"的名字,我的名字和卞和连在了一起。人们把我雕琢得玲珑而美好。尤其,我的身价大变了。当然,我知道,是卞和成就了我的尊贵啊。

卞和,你有什么要求吗?文王问。

大王,我想跟几十年的老伙计说几句悄悄话……

悄悄话?跟它说?文王笑容可掬,说,可以啊!

卞和把我抱到一边,很兴奋,说,谢谢你啊,宝贝,因为你,我一个平凡的人才成就了不平凡的人生!谢谢你啊,宝贝,因为你,我这个平凡的人或者也能千古留名啦!

哦,原来卞和成就了我,我也成就了卞和啊!

秦 昭 王

当蔺相如带着我来到章华台,秦昭王早准备了隆重的仪式,来欢迎我。文武百官全到了,连他宠爱的妃子们也来凑热闹。

常规的礼节刚完,昭王就急不可耐地让蔺相如献上了我。

昭王用右手捧着我,左手捻着胡须,端详我。那会儿,大殿上所有人的眼睛都投向了昭王,投向了我。有人伸长脖子,有人踮起脚尖,后面还有人蹦跳着……

什么样的宝物,值得用十五座城池来换?谁不想见识一下呢?

昭王欣赏我片刻,站起来,说,好东西,大家共赏之。既然都这么好奇,那都一睹为快!它可是至宝啊,是寡人想用十五座城池换取的至宝啊,千万小心别摔坏了!咱挨着传……

昭王随手把我递到侍从手里。

那会儿,人们的目光随着我而移动,人们的心情也随着我而激动。

历经辗转,我又回到了昭王手中。

昭王面对着众卿家,说,大家议议,这宝贝值十五座城池吗?我们跟赵国做的这笔交易合算吗?

一时间,寂静得出奇,没有人回答。

怎么?没人发表意见吗?昭王冷着脸,扫视了一圈儿。这才有一位大臣慌忙回应,说,大王认为值就值,一切由大王做主!

对,大王认为值就值,一切由大王做主!顿时,各色人等一片响应。

昭王这才瞅着蔺相如说,蔺大人啊,我做主倒是容易的,只是我还没来得及细看。——据说这宝贝在晚间才显神妙,我想验证一下,可以吧?

蔺相如怀疑地望着昭王,不知如何是好。

哈哈,昭王微笑,说,别那么小气,这可是一笔大买卖啊,总得让我验验货吧?——你放心,寡人重诺守信,绝不做鸡鸣狗盗之事。明日,咱再商定!

蔺相如想不答应,可在人家的一亩三分地里,有法子吗?在他发愣的工夫,昭王已把我交给手下,拿进后宫中了。

蔺相如只能无奈地盯着我消失。

这样,我竟有机会探知昭王的真正目的!

到了晚间,昭王把我摆放在案桌之上,命人去请他宠爱的孙子政。当时,我纳闷啊,一个才七岁的孩子,请他干什么呢?

不一会儿,政就蹦跳跳地来了。

昭王喊退他人,喜爱地抱起政,来到了我面前,指着我说,政啊,你瞧瞧,这个宝贝好玩不好玩?

政望着我,说,爷爷啊,它不就是一块石头吗?

昭王点头说,是啊。可这块石头,却不是一般的石头啊!你仔细瞅瞅,它奇特不奇特,好玩不好玩?

嗯,奇特,也好玩,爷爷要把它送给我玩吗?

哈,现在还不行,它还是人家的,还得暂时归还人家呢!昭王说。

那爷爷让我瞧它干吗?

孩子,我想让你知道,外面的世界很美好,很精彩。希望你从

小能立下大志向,等长大了,去征服外面的世界啊!

明白,爷爷。——听说,您想用十五座城池换它,真的?

哈哈,昭王大笑,之后问,孩子,你信吗?

傻子才信呢!小嬴政望着昭王,回答说。

好孙子,回答得好!当然,傻子也不信的!我怎会用城池和百姓去换一块没有实际用途的石头呢?城池和百姓才是国之根本,才是建功立业的根本啊……

可是,爷爷,您为啥主动要求换呢?

哈,好孙子,问到点子上了,告诉你,这纯粹为炒作,懂吗?

炒作?小嬴政似懂非懂地看着昭王,思考着。

你想啊,我们秦是最强大的。正因为强大,以至谁都对我们怀有戒心。现在,咱把这块石头炒起来,让谁都知道我们的对手——赵国藏有奇珍异宝,那赵国便犯了"怀璧之罪",就会成为众矢之的,人们的矛头也就会转向他们!明白吗?

小嬴政仍似懂非懂地盯着昭王,思考着。

秦昭王继续说,政啊,将来你也要会炒作,会利用……

嘿,这会儿,我竟成昭王教育孩子的材料了。猛地,我意识到:我本无价值,而是人家故意"炒"起来的!

第二天,秦昭王把我带回大殿之上。当着蔺相如和众位大臣,说,这和氏璧啊,昨夜我观了又观,总觉得它好像有点问题,有什么瑕疵,可一时半会儿也找不出问题在哪儿,列位再查看,谁能指点给我呢?

这话暗示着什么吧?

后来的情节大家都知道了,蔺相如很敏感,当即把我要了回来,又编造了须斋戒十日等环节,从而有机会得以"完璧归赵"。

世人称赞着蔺相如的勇敢和智慧,因为他连心思缜密的昭王都骗过了。然而,蔺相如和世人又怎么会知道我在昭王居室里的遭遇呢?

事实却是:蔺相如归赵不久,天下便广为流传:赵国竟反悔了,十五座城池也不换呢!哎哟,十五座城池啊,那究竟是块怎样的宝贝呀?

嬴　政

公元前228年的这一天,我被大将军王翦的手下送至咸阳。

嬴政捧着我,是喜不自禁,爱不释手啊。他抚摸着我,连声说,宝贝啊,宝贝,你终究属于我大秦啦!我会让你更尊贵,更荣耀,更有光芒的!

正这时候,李斯进来了。李斯行礼之后,见到嬴政手中的我,做着惊讶之态,问,这就是和氏璧?这就是价值连城的和氏璧?大王,好兆头啊!

好兆头?怎么说?嬴政笑着,瞧着李斯。

李斯凝视着我,说,此天下至宝,本为神物。神物应归天上管,今归我大秦,昭示着我大秦受命于天,即将完成一统大业啊!

受命于天?说得好!嬴政赞许地点着头,沉吟着。忽地,他的神情一变,好像想起了什么。

李斯见状,忙问道,大王,莫非有心事吗?

嬴政愣怔片刻,才说,当年寡人的祖父曾叮嘱我要会炒作,刚才你说它本是天上神物,给我一个启发。又是一个好点子啊!

李斯眨巴眨巴眼,当即就明白嬴政的意思了,赶紧说,好,大王,这件事情,让微臣来办吧!

后来,我就成了玉玺,成了传国玉玺。我身上被雕了龙,还刻上了李斯手书的八个字:受命于天,既寿永昌。

当李斯把我再拿给嬴政时,李斯以为嬴政一定会高兴的。谁知,嬴政却皱了眉头,问,李丞相,你说,怎么才能让天下百姓都相信寡人,真受命于天呢?

李斯想了想,说,大王,容臣慢慢运筹吧!

很快,有关我的一些传言便在田野民间传播开来,且越传越生动,越传越玄乎了。

说荆轲刺秦王时,眼瞅着那匕首要扎到秦王了,突然嬴政身边的国玺飞起来了,正好砸着荆轲的手臂上,刹那间,荆轲手中的匕首才脱手了,扎在大殿的柱子上。等荆轲试图拿下匕首时,秦王已有机会抽出腰下佩剑……

说一天夜里,有赵国刺客试图暗算嬴政时,不想那国玺竟神话般地化成龙身,一下子便咬住刺客的喉咙,再次救了秦王……

当有人把这些情况报告给嬴政时,始皇帝大悦。他私下里召见李斯,赞赏地说,丞相编的这些故事,长了想象的翅膀,美妙,太美妙了!

李斯慌忙跪倒,说,陛下啊,哪里是臣编的?它们确确实实发生过的!

果真发生过?嬴政低头,好像回想着什么。

陛下以为呢?李斯问。

过去的事儿,寡人忘记了,丞相说发生过就发生过吧。嬴政说。

由此观之,陛下乃上天之子,代天行政,以后谁对陛下不恭,即是对上天不恭啊！

哈哈，上天在哪儿呢？始皇帝笑问。

李斯抬头，向头上瞅了瞅，却指了指我，说，上天？不就在陛下手里嘛！

哦，哈哈，丞相机敏啊！始皇帝拍着李斯的肩膀，蓦地却阴沉了脸色，说，只是……

只是什么？李斯问。

只是，寡人担心知情者会说出真相来！嬴政目光炯炯。

这……李斯显出疏忽了什么的样子。

哈哈，此事好办啊，嬴政做了个杀头的动作，低声说，就再烦劳丞相，为维护天之权威，凡知内情者，一律秘处吧！

李斯惊讶地盯着嬴政，点头说，遵旨。

接下来就是公元前219年的事儿了。天下传言说，嬴政南巡行至洞庭湖，突然风浪骤起，妖雾滚滚，眼看始皇帝所乘龙船即将沉没。危急关头，始皇帝就把传国玉玺抛向了空中。结果怎样？瞬间工夫，那玉玺便幻化成龙，钻入湖中与妖物相搏了。终究，始皇帝得以平安过湖。事后，谁都以为这玉玺再也不会回来了吧？可是，你猜怎样？就在始皇帝回咸阳途中，却有人持玉玺进献。当时，始皇帝也大惑不解啊。等接过了，果然是始皇帝抛到湖中的玉玺！始皇帝想跟献玉玺者说话，岂料，眨眼工夫，那人踪迹全无了！你们说，那人是人吗？

真是这样吗？真是这样吗？

当然，我是最知情的。在这场由皇帝和丞相亲自导演的剧情中，我不过只是一个道具而已啊！如此炒作我，乃至达到神乎其神的地步，嬴政到底想干什么呢？

有一天，嬴政喝醉了。他举着我，嘟嘟囔囔地说，王翦这个老家伙,想告老还乡了,也算明智啊!好,我同意啦,我这就用你给他下旨啦!你,代表了我,代表了天!你在,天就在啊!

我因为嬴政成了天,还是嬴政因为我成了天?

慢慢地,我发觉,连嬴政也稀里糊涂了。也就是说,嬴政用我骗了天下人,最后连他自己也被骗了。不,岂止只骗了他自己,连他的二儿子胡亥也被骗了。

后来,胡亥要被赵高杀掉,还以为赵高跟他开玩笑呢。胡亥说,赵高,你这个狗东西,玉玺可在我手里呢,你敢对我无理?这玉玺会变成龙的,是天……

看着胡亥滑稽的样子,我差点笑出声音来。

倔　　强

我是玉玺,传国玉玺。有人说,我是历史的精灵。不错,我就是历史的精灵。因为我曾在历史中辗转,所以我见证了历史,体验了历史。自然,我也能讲述历史。

这一天,皇后王娡见汉景帝回宫,早微笑着迎上来,问,怎么样?

什么怎么样?刘启做出懵懂的样子。

就是我弟弟王信封侯的事儿啊。王娡说。

嗨,甭提了!刘启说。

丞相怎么说?皇后问。

他,他不同意啊。他说,高祖有规定,没有立功的人不能封侯！他还说，王信只会跑官要官，只会走关系钻空子，倘若提拔了，别人会有看法，会不服气……

嘿，这个倔强的老家伙，真不识时务！皇后恨恨地骂着。

他真倔啊，无论朕怎么说他就是不同意！难怪当年他在细柳营掌军时，连先帝去营中，他的军队敢如临大敌般挡驾呢。这样的人，没有情面讲的，好像在他人生信条里，只有规则，只有律例！

那您没跟他说，给我弟弟封侯，也是太后的意思吗？

更别提了！景帝又叹了口气，说，提了，也没用！他依然坚持自己的意见啊。他说谁的意思也不行，谁也不能违反高祖规定！他说高祖说过，谁敢封没有战功的人做侯，谁就是叛逆，人人可以诛之！瞧瞧，这事儿多么严重！

这个倔强的老东西，以为他是谁啊！太居功自傲了吧？太放肆大胆了吧？太目中无人了吧？他这不是把您和太后也不放在眼里吗？圣上能忍受得了？

所以，朕跟他发火了。朕说，朕意已决，一定要封王信为王。结果，你猜怎么样？他居然跟朕撂挑子，耍起了脾气，还称病辞职了！气死我了！

啊？他连陛下也敢要挟啊？这个狗奴才，简直不知道这天下姓什么了！——圣上准备如何处置？

朕还能怎么处置啊？朕当即准了，让他削职为民去了！

好，皇上圣明啊！王娡拍掌，说，就算他走了，为了皇家威严，也要好好整治整治他！

哈，英雄所见略同啊！我也正在想，如何让他彻底低头呢？刘启说。

那还不好办？皇后说，找他把柄，治罪啊！

这得谋划谋划……刘启点着头，说。

莫非圣上还想起用他？王娡问。

当然啊。——先皇在弥留之际曾对朕说,关键时刻,可以放心使用周亚夫！后来,周亚夫果然不负所望,平定七王之乱,功勋卓著！我担心以后,会不会还有关键时刻……

可我弟弟封侯的事儿,圣上得尽快落实啊。皇后亲自给刘启端上一杯牛奶,撒着娇,说。

别急,迟早的事儿！刘启笑笑,说,你们王家有两位美人陪朕,给朕快乐,为朕分忧。你呢,还生个令朕疼爱万分的彻儿,朕怎么能不挂心呢……

听着两人的对话,我关切的是：景帝会怎样整治周亚夫呢？

果然不久,就听到周亚夫被治罪的消息了。说有人告发了周亚夫的儿子,又牵扯到周亚夫了。

我决定打探一下周亚夫的情况。这天下午,我的元精化作一缕青烟,飘飘荡荡着,钻入廷尉府的大狱之中了。

当我挤进关押周亚夫的牢房,发现有一个女人正劝说着周亚夫。听口气,我判断,她就是周亚夫的妻子。她一边抹着眼泪,一边说：你呀你,这倔脾气实在该改改了！天下是人家的天下,人家想怎样就怎样,跟咱有多少关系呢？你反对,有用吗？吃饱了撑的呀？当年,细柳营中,你敢拦挡先帝的御驾,那是幸遇明主啊！倘若碰上鸡肚肠的,还不治你个欺君犯上、谋反之罪？你啊你,快向皇帝服软认错,我再托关系求求人……

岂料,周亚夫还梗着脖子呢。他瞪着眼睛,大声嚷嚷着,不,绝不！俺周亚夫没错,更不会求谁的！

你呀你,女人无奈地望着周亚夫,说,当年,咱父亲周勃在狱中还知道变通呢,还结交狱卒,听狱卒主意呢。这叫好汉不吃眼前亏！求你,别这么倔啦！

周亚夫竟急了,硬硬地说,夫人啊,做人有尊严,更有原则!你别说了,别管了!

唉!你怎么这么倔强呢!周亚夫夫人叹息着,领着家人走了。

这可如何是好呢?我观察了一会儿,也悄悄地离开了。

其实,我知道,景帝等待着周亚夫低头的那一天,等待着找到宽恕周亚夫的理由呢!景帝自言自语地念叨,周亚夫啊周亚夫,你只要给朕一点儿台阶,我都会放过你!

然而,几天以后,刘启等来的却是周亚夫绝食五日、吐血而亡的消息。

一瞬间,景帝刘启傻了。

刘启感叹说,想不到啊想不到,朕只知道他倔强,哪想到他如此倔强呢!呆愣了会儿,突然,刘启发怒了。

刘启涨红着脸,对身边太监说,莫非周亚夫想以死来逼迫朕吗?莫非他以为死了,朕就会改变主意吗?岂有此理!——传朕旨意,加封王信为盖侯……

曹　　操

徐璆来许都把我献给曹操时,曹操大悦。他端详着我,拉着徐璆的手,连声问,这就是当年十八路诸侯讨伐董卓之时,孙坚将军从洛阳井中得到的玉玺?这就是孙坚将军为了借兵而抵押给袁术的玉玺?这就是令老贼袁术以为天命所归而称帝的玉玺?

徐璆点头,说,是啊,丞相,这正是我从袁胤手中夺来的传国玉玺啊。今天,我把它献给丞相您了!

且慢,你刚才说,是献给我吗?曹操微笑,问。

徐璆惊诧地望着曹操,过了会儿,才回答说,我为大汉臣子,您是大汉丞相,献给您也就是献给大汉啊!

哈哈,曹操赞许地拍拍徐璆的肩膀,说,徐太守回答得好,回答得好啊。我会奏明当今圣上,为你请功……

晚间,曹操在灯下正瞧着我出神,曹丕就神神秘秘地进来了。曹丕说,父亲,这玉玺,您真要呈给那无能的刘协吗?

曹操也不搭话,仍用手托着我,面对着我,自言自语:璆,美玉也。徐璆,徐……璆,好啊!

曹丕立在一边,愣愣地望着曹操,猛地,好像明白了什么,问,徐……求,莫非父亲的意思是慢慢求?

哈哈,曹操笑笑,才说,国之命在人心,大汉气数尚未尽啊!乱象之中,谁敢篡位,谁将成众矢之的。袁术不是个鲜活的例子吗?他以为得了这玉玺,就算得了天命,就可以傲视群雄,称孤道寡,结果怎样?失信于人,兄弟反目,人人不耻,使我等当贼讨之,终究不以失败告终?现如今,我们挟天子令诸侯,首先应完成的是广揽人才、平定北方、发展经济、经营好人心啊!人心,懂吗?

可是,曹丕想了想,说,父亲,这是个机会啊!

哈哈,机会?什么机会?一块玉石而已,怎么会是机会呢?有它无它,咱该怎样还是怎样。至于那个皇帝,不过名儿罢了,如今想名实双至,时机还未成熟。咱还须看清得失,权衡好利弊啊!

曹丕沉吟了会儿,没再说什么,告退要走。

稍等,曹操忽然说。

曹丕停住。

你刚才说到机会一词，倒使我想起一个主意。——不妨这样，这玉玺就暂且放在丞相府些许时日，且看看朝野之中反应如何，不妨拿它测测这世道人心！这期间，你要密切留意某些人的动向……

第二天清晨，曹操召集文武议事。有大臣陈群等人上言规劝说，如今玉玺在手，乃天命所归，恳求丞相早做大图啊！

此话一出，群臣响应，争先恐后，都欢呼说，请丞相三思，快登大位！

一时间，把曹操弄蒙了，他显出吃惊的样子，逐一观察着大家。就在众人等着决策工夫，想不到曹操居然恼了。他把条案一拍，白脸一沉，说，列位，我曹家世受汉恩，理应忠心报国。想当年，我起兵讨伐董卓，也是不满他专权独断。尔等，莫非要我成为第二个董卓吗？以后，谁敢再言劝称帝，必没安好心，等同害我啊！

此话一出，众人当即都沉默了。

曹操这才恢复了常态，吩咐说，这玉玺，先放在我丞相府中几日，待选个良辰吉日再复还当今天子！

午间用饭，曹丕对曹操说，从议事情形来看，臣子们都拥护父亲，我看人心可用！

哈哈，曹操苦笑，摇头说，不是的。你看到的只是表象啊。这当中有真心拥护的，有随波逐流凑热闹的，也有想捞点政治资本的，还有一些却是居心叵测的！

居心叵测的？曹丕困惑不解。

等着瞧吧。曹操说。

几日后，果有董承、王子服等人密谋击杀曹操，因为卧底人线报，曹操处置及时，粉碎了阴谋，诛灭了参与者。

事后，曹操对曹丕说，怎么样？这玉玺放在咱这儿是个祸害吧？快拿走，赶紧送还献帝，给他看管吧。至少目前，它还是个不祥之物啊！

这样，我又回到了汉献帝那里。其实呢，使用权却完全掌控在曹操手中。他经常会把我拿走，以大汉皇帝名义诏令着天下。很快，曹操统一了北方。

公元219年，孙权写来降书顺表，对曹操言说，天命在魏，乞望曹公尽早称帝！

连孙权都称臣啦！陈群等人见状，也大造声势，再一次纷纷进言，说，如今尺土一民，皆非汉有，人心所向，众望所归，大王当顺天应人……

哈哈，这一次，公堂之上，曹操没有发火，只是大笑，说，孙权小儿，这是想把我放在火炉上烤啊，莫非诸公也要配合他吗？不必再言，倘若天命在我，我为周文王矣！

这时候，汉献帝也坐不住了，也来探听虚实。他假装请求退位，还主动把我递还了曹操。曹操当着众人，慌忙跪倒，推谢说，陛下为我女婿，哪有岳父篡女婿位的道理？

曹公仁德啊！曹公之胸襟博大如日月星辰啊！

当曹操病亡的消息传播开时，中国北方的百姓悲痛不已，哀号遍野，街头巷尾无不感念着他。爱屋及乌，自然，人们对曹操的儿子充满了期待。

同年，汉献帝被迫禅位曹丕。

走下禅让台那个瞬间，曹丕捧着我，一遍又一遍念叨着曹操的诗句：周公吐哺，天下归心……

冤 家 对 头

砍！给他砍价，给他砍价玩儿！路南的老字号蒲玉店老板来元恨恨地对众伙计们说：咱怕什么，这段时间咱保本销售，至少咱进货渠道多，货比他拿得便宜，先把他挤垮……来元说着说着，停住了，又指着一位新来的伙计说，你装扮成顾客，到那边去探探，给他使劲儿讨价还价，看看他那边到底卖多少钱？

新伙计机灵地应声出去了。来元透过窗户嘿嘿地笑着，品着茶看表演。

新伙计装模作样地入了同行的门。新伙计正指手画脚地跟人谈价呢！

一会儿，新伙计哼着小曲颠颠地回来了。

探清楚了？说！来元稳坐在椅子上，轻轻地吹了吹浮在水上的茶叶子。

老板，清楚了！那边最低一件十块大洋！

哦，那咱从现在起，八块！来元把茶杯往桌子上重重地一放，做了决定。

可是，东家，这样恐怕刚够本吧，咱不白吃喝啊？

对，咱就白吃喝一段时间，可咱立志长远啊！等挤垮了他，咱再……哈哈，那会儿，咱说怎样就怎样。咱卖十五，顾客不买也没地方买！

好嘞！众伙计答应着。

第二天，来元来了就问咋样。掌柜凑过来，嘿嘿地乐着，说，那边冷清了，咱这边火爆啦！

哈。来元笑了，说，好，继续！他奶奶的，想跟老子争食！我相信用不了几天，那边准关门不可！

这天，来元午休刚起，蒲玉店一个伙计就忽忽悠悠地进了他卧室，进来便喊，东家，好消息！

咋？来元刚要发火，一听说好消息，脸上堆出笑来。

那边真关门啦！伙计把大拇指一挑，说，东家，您实在高，高！料事如神啊！掌柜的让我请示您，现在咱咋办？提价还是……

哈，来元一下子兴奋了，说，走，咱过去瞧瞧。

等到店前，来元先把眼睛瞥向了对面，果然，那边店门紧闭，没了点滴生气。不过来元还是有点不放心，索性走到近前去，隔着门缝向里瞅了瞅，哎哟，敢情里面早收拾得干干净净啦！敢情里面早人去店空啦！

来元趾高气扬地踏进自家店里。里面正有一个戴眼镜穿长衫的中年人跟掌柜商量着什么事情。

掌柜见到来元，赶紧迎上来，说，东家，您来得正好，这位客人想从咱这儿要一大批货。

什么？一大批？他要多少？

他说有多少要多少！

啊？有这样的事儿？来元疑惑地把眼睛扫向那位中年人，仔细打量了一会儿，说，先生，行，你给价吧！

中年人说，不是卖八块吗？就这个价！

来元嘿嘿地笑着摇头，说，彼一时此一时也。

中年人沉思了会儿，说，你到底想多少钱卖吧，要是太贵了我找别人做这笔生意！

十块,少一个子儿免谈!来元想十块钱能挣两块,看这个人要货数量不小,那可一下子就发了!

这……中年人犹豫着,好半天,说,行,十块就十块,你有多少货?

多少?笑话,你要多少我这里有多少!来元乜斜着中年人,仰着头。

那敢情好,我要两万件!

两万件?两万件?来元额头上顿时浸出汗来,他悄悄把掌柜拉到一边,说,咱库里有多少?

不到八千件了!可是,只需两天时间,咱要是快马加鞭,也能再进过来啊!

能进来?

绝对能!

来元回来对中年人说,现在你可以提走八千,另外一万二千件你三天内可以再提!

行!中年人很爽快,说,我可以把货款全付清,不过你得写个字据给我,要是三天你交不了货,咋办?

要是我交不了货,不光这八千算你的,你的钱我悉数退还!来元心里想,怎么会交不上货呢!嘿嘿,到嘴的肥肉咋也要吃到肚子里去,有钱不挣才是傻蛋呢!

哈,好,你也是个爽快人,咱君子一言,驷马难追,写到字据上去!

等交易完毕,中年人走了,来元围着几箱子银圆,转过来转过去。蓦地,一股寒气从脚底涌上头顶,他感觉似乎有点蹊跷,会不会是人设的套?

果然,两天过去,来元得到消息,说货源那边不晓得什么原因

突然暴涨了五块,严重缺货!

啊?来元傻了,来元蒙了!完了完了!一万二千件啊,自己倾家荡产也没有那么多啊!来元围着屋子转悠了半天,终于有了主意:逃!卷着两万件货款逃!

磨到晚上,来元趁着天黑,把家里所有值钱的东西都搬上了马车,带着老婆孩子慌慌张张撒开了欢儿。

可刚上大路,就被埋伏着的官兵堵住了。来元听见旁边一个戴眼镜穿长衫的中年人骂骂咧咧地说:想逃?没门儿!

蒲玉店垮掉的那一天,对面那家又重新开张了。

你闪开,我来

那一天,王院长被乡亲们拉扯到了小河边。

那里,一个孩子平躺在河滩上,肚子鼓着。显然溺了水,刚被救上来。

王院长蹲下去,翻眼,把脉,听心跳。最后摇头,说,迟了。

迟?不迟。这当儿,刚巧路过的小王村赤脚医生赵老歪搭茬了。赵老歪说,不迟,要不你闪开,我来!

王院长愣了愣,鼻子里轻哼了声,你?

对,我来试试吧,王院长,一个好好的娃咋能轻易放弃呢?赵老歪说着就往前面凑。

王院长斜着眼看赵老歪,不情愿地闪开了。

十分钟后,经赵老歪一番折腾,孩子真有了气息,渐渐恢复了血色,还醒过来了。

周围有人就夸赵老歪,说,真神啊,连王院长都说没救,赵老歪却救活了呢!

王院长的脸上早挂不住了,提起药箱子想走。

赵老歪忙说:刚才俺也没多少把握的,这是歪打正着了。其实,也是王院长故意给咱一个歪打正着的机会呢……

经历了这件事,人们再添油加醋一嚷嚷,赵老歪自然出了名。附近百姓谁有个小病小灾的,大多去找赵老歪。以至于乡卫生院慢慢冷清下来,眼瞅着办不下去了。

这个样子怎么行?乡卫生院里还养着十来个职工呢!

于是,一个闷热的午后,王院长随着县卫生局张副局长就到了赵老歪的私家诊所。目的只有一个,让赵老歪的诊所并入乡卫生院。说白了,是想利用赵老歪的这块牌子。

进了诊所里面,王院长就看傻了。只见两间病房的八张床上,躺满了人,都正输着液呢。有几个轻病号还因没有地方,干脆坐着输。屋子中间悬挂着一根铁丝,那输液瓶子在铁丝上排着队吊着。这正是午后啊,即使县医院里也是萧条的时刻呢。咋这个偏僻山坳里的小诊所如此红火呢?张副局长好生感慨。

赵老歪刚好做完肛肠手术出来。彼此打过招呼后,张副局长说,老赵,你能耐啊,天天这么多病人,挤兑得王院长开不了张呢!

赵老歪就笑,说,我一个小手术才三四十块钱,可到他们那里呢,就会几百块。要是去县医院,恐怕更多吧。你说,我这儿咋会不兴旺?关键在体贴不体贴老百姓哟。

几句闲话后,自然步入正题。等张副局长把意思讲明白了,赵老歪沉默了。他一会儿去给这个床换药,一会儿去给那个人起针。好像躲着他们。这个样子,张副局长坐不住了。他凑到赵老歪的跟前,说,你到底答应还是不答应呢?利落些。要不你先考虑着,一两天给我们回个话。如何?

别,我已经想好啦,想让我进卫生院也行,赵老歪看着王院长,说,他闪,我来。

咋?你想当院长?

是,难道不成吗?

那,我们得研究研究。

好啊。就这么一个条件,行,我这儿就撤了,合并。

张副局长和王院长走了。赵老歪心里就记挂上了这件事儿,有时间便说给家人听。

什么?赵老歪的妻子坚决反对,说,你去卫生院了,我们的财路还不断?给公家干怎有自己挣钱多呢?儿女们也跟着起哄,说,自己干多自由啊,想怎样就怎样……

不管亲人们如何反对,赵老歪却如同吃了迷魂药,他说,我们并入乡卫生院,条件就好了,规模也大了,不更能方便病人吗?

赵老歪准备好了,单等上边人来请他。可左等右等,等了好久也没等来下文。倒从侧面探听了些消息,原来王院长不干,人家不想把院长这个官让给他。

唉,白费一番心思啊。赵老歪一声长叹。

招不了赵老歪的安,王院长的日子也不好过。王院长的日子不好过了,他就给赵老歪小鞋穿,千方百计地给赵老歪找麻烦。毕竟乡村之间存在着一定隶属关系的。他通过上边,提高赵老歪进药的价格,暗地里让人调查赵老歪的执照是否年检,查他是否存在经销假药的问题……这么一查两查,还真抓住了赵老歪的小把柄。这一天,赵老歪的门诊被贴上封条了。

因为门诊被封了,赵老歪心情烦闷。烦闷了,难免就会出事故。这一天,赵老歪在去县城托关系回来时,遭遇车祸,死了。

当这个消息传到王院长的耳朵里时,他笑了,说,嘿,想让我闪,看看吧,老天爷都不同意呢。

转眼一年过去。这一天,小王村村民邀请王院长出诊。一打听,凑巧是赵老歪的邻居家。进了屋里,王院长搬过凳子,坐在患者旁边,问病、听诊、把脉、量体温。望闻问切了好半天,对患者患什么病仍摸不着头脑,心里就有点慌张了。头上冒汗的霎时,他分明听到一个熟悉的声音钻入耳际,你闪开,我来!

啊,王院长的头发瞬间炸起来,他惊讶地回头看,怎么?

什么异常情况也没有。

这下,他挺不住了,手一哆嗦,那攥在手里的体温表竟蹦蹦跳跳地跑到地板上去了。

王院长犯了脑出血。病来得很蹊跷,不过眨巴眼的工夫。还没拉到县医院,人就断了气。

后来调到乡卫生院当院长的,是赵老歪的儿子。

枪　　毙

国民党军团长李克匆忙跑到山东省主席韩复榘面前行礼,大声喊道:报告主席,第S师第八团团长李克奉命报到,请指示!

韩复榘围着李克转了一圈,又一圈,也不说话,只是左一眼右一眼地给李克相面。

你就是李克?

报告主席,是,我是第S师第八团团长李克。

我瞅你脑袋上也没长那个反骨啊,咋就敢把你的顶头上司——旅长给毙了呢?

报告主席!他临阵脱逃,他还命令我们投降日本鬼子……

好啦,好啦,俺早都知道啦。他奶奶的,这家伙也真该挨枪子啊!韩复榘挥着手。

是,主席!当时的情况是:我们旅损失惨重,鬼子眼瞅着要过黄河,旅长却突然下达投降命令,我等不服,找他理论,他不听劝告,还要枪毙我……李克叙述着当时的情况。

那他咋被你毙了?

报告主席,幸亏我的枪快点,他正装子弹呢,俺的早响了!

哦,哈哈,好!还是你小子机灵啊。那你说说,你毙了他后结果咋样?韩复榘明显有些兴奋了。

报告主席,俺毙了他之后,激发了剩余将士的爱国热情,都做到了舍生忘死,最终保住了阵地……

哈哈,好小子,有种!英雄啊!这么说,我得好好嘉奖你?韩复榘笑眯眯地望着李克。

李克身板一挺,精神气儿陡增,说,效忠国家,效忠主席,义不容辞!

好,好,好样的!韩复榘点着头,凑近李克,拍拍李克肩膀,说,是得奖赏你啊!

谢谢主席,但报效国家是军人天职,我不求奖赏!

嘿嘿,韩复榘笑起来,扭身冲着身边的下属说,都听听都看看,这小子还一套一套的呢!大家说说该怎样奖赏他,啊?

话音刚落,韩复榘的参谋长走上前说,主席,我看升他的官,先让他取代被枪毙的那个旅长的职位!还要通令嘉奖,上报委座!

通令嘉奖?上报……韩复榘眨巴着眼,莫名其妙地盯着参谋长。

对,通令嘉奖!应该通令嘉奖!参谋长强调说。

嘉奖他什么?他什么地方值得咱嘉奖?韩复榘忽然变了脸色。

当然嘉奖他临危果断,嘉奖他为党国敢作敢为……参谋长想了想,说。

好,好,他奶奶的!我嘉奖他,嘉奖这个敢以下犯上枪毙上司的李团长?来人,韩复榘在地上来回踱着步子,说,来,给李团长上家伙!

上家伙?什么家伙?众人都好奇地望着。

哈,当然好家伙啊!他奶奶的,莫非还洋钱金条啊?来啊,给老子拉出去毙了!转眼间,韩复榘声色俱厉。

啊?主席……李克不相信地望着韩复榘。

且慢,韩复榘的参谋长赶紧过来求情,说主席,李克团长是功臣啊,要不是他当机立断枪毙叛徒,那后果不堪设想啊!

他有功?你们都说他有功?他有什么功啊?什么功也得毙了!拉出去!

参谋长糊涂了。李克也蒙了,他实在想不清楚刚才还敬他为英雄的韩主席,怎么会说翻脸就翻脸啊。李克说不出话来,任由执法队的人架着自己往外走。

主席,主席……韩复榘身边的参谋长等还试图劝阻。

嘛也别说了,谁敢给他说话,也陪着他一块儿玩完!

几声枪响。子弹打在李克心口上,听在众多将士的耳朵里。

李克抱着遗憾走了。韩复榘阴着脸走近李克尸体,悄声念叨说:兄弟啊,别怪我!你想想,旅长逃跑,你把他毙了;以后,我要逃跑,你会不会把我也给毙了?

后记:1938年1月,韩复榘因逃跑罪名被蒋介石秘密执行处决。

套　　路

那年元旦,学校里组织全校师生在大礼堂搞联欢,当中有一个节目是张文表演武术。张文表演得很好,博得了阵阵掌声,赢取了声声喝彩。

台下,王武却感觉十分不爽。当主持人在台上介绍说张文出身于武术世家,精通好几种武术套路,曾得到过几位名师的嫡传时,王武更不服气了。他撇着嘴嘟哝,花拳绣腿而已,有什么了不起的!

谁知,有张文的一位粉丝听到了。他不满地说,你敢同人家比试比试吗?

比试?王武眨巴着圆眼睛,不服输的劲儿就来了,说,有什么不敢的?

终究,喜欢挑事看热闹的人,通过两边煽风点火,促成了王武和张文的比赛。

那天,孔武有力的王武憋足了劲儿,刚一照面,就向张文发动了连续而凶猛的袭击。谁会想到,张文是那么的不堪一击!片刻间,张文的鼻血流出了,眼睛也肿胀了,腿也站立不住了,人扑腾一下子就摔倒了。幸亏有机灵同学,上前拽下了王武。要不,非出大事不可呢!

事后,张文的家长不依不饶,班主任气得也大动肝火,问,你咋那么凶呢?张文是你的阶级敌人吗?王武还振振有词呢,说,我不打倒他,他就会打倒我。说不准他打我更厉害呢!

差点把班主任逗笑了。最终,多亏王武父亲说好话,又负担医疗费,才算没事。

有同学问张文说,你咋会打不倒他呢?你的武术呢?

张文叹口气,说,我哪有法子施展啊?他全不按套路来!

按套路来?哈,同学们全笑了,说,傻子才按套路来呢!

经过这一次,同学们都知道王武下手狠毒,怕他,疏远他。而王武呢,就千方百计找同学们的茬儿,几次三番地惹事儿。班主任挺头疼,再把王武的父亲找来,出主意,听说城里办了武校,专门培养武术散打人才,或许适合他呢。

王武父亲明白了老师的用心,片刻犹豫之后,说,我先打听打听,也征求下王武的意见。

王武父亲这一打听一征求不要紧,王武真被送到专业武术班了。

王武父亲领着王武去武术班报到那天,教练对王武父亲说,咱这儿学的可是正规武术,都是真功夫,绝不是戏台上的花把式!

王武父亲忙附和着,说,当然,孩子正是来学真功夫的……

王武踏踏实实在武术班里学武了,并且一学就是两年。两年里,用王武的话说,称得上学有所成,特别对武术套路方面,精通了不少。

这一天,王武骑着自行车回家。偏偏冤家路窄,半路上碰上了也回家的老同学们。张文也在里面。

彼此碰面,只寒暄了几句。就有人提议说,王武,你学了这么久,想不想跟张文切磋切磋呢?

有人附议,有人欢呼,撺掇说,就是就是,比比吧!

人们簇拥着王武和张文来到了开阔地带。

这回,王武当然自信啊,说,以前你都打不过我,现在你就更那个啦,哈哈。

张文这次虽没有底气,可表现得很沉着,很谨慎,很尽力。

对峙,进攻。俩人缠斗在一起。结果,十分钟分出了胜负:王武被张文摔倒在地上了。

第一局,王武输了,可王武怎么会服输呢?

第二局,王武还上,还输了。

第三局,王武再上,又输了。

最后,王武气馁了,服气了,灰溜溜地骑上车子,一声不吭地走了。

在王武身后,同学们嚷嚷着:王武啊,你这两年白过了吧?王武啊,咋越活越缩呢?王武啊,咋越学越入弯儿呢?

王武也不回头,更不回话,耷拉着脑袋走远了。

同学们围住了张文,问张文说,你学了什么武功秘籍?你参悟了什么新招数?这回咋这么顺手呢?

张文抓着脑袋,说,没有啊,没有啊,我还是以前那水平啊……

别谦虚别谦虚!赢了就是赢了!赢得这么容易,有什么保密的?说说……

张文猛地大悟般,说,我知道了,我清楚了!

哦?你知道什么啦?你清楚什么啦?

张文说,因为这回,王武没有胡来,他是按照套路来的!

套路?

套路!

咋按照套路来反而输了呢?人们不解啊。

又过了一年,张文因为有事儿去武校找王武。其时,王武已经当上武术教练了。

当张文见到王武时,王武正规规矩矩、一招一式地给学员们传授武术套路呢。

蚂 蚱

一个真实的故事。

一九四〇年前后吧,康家庄被小鬼子占着了。

那一年,你爷爷二十才出头,已是两个孩子的爹啦。身为长子的他,因为你太爷爷病逝,早担起了一家十来口人的生活的重担。还好,你太爷爷留下来几亩薄田。我们一家就靠着这几亩薄田啊,若年头好,除缴税纳捐,也勉强能生活吧。

偏偏那一年,遭遇了大旱。一连几个月里,老天爷没降过一丁点雨。不下雨也就罢了,那太阳呢,还天天跟小日本的膏药旗一样烧烤着人们的眼哩!

这天临近正午时分,你爷爷站在自家地头,瞅着快被烤干的禾苗们,心急如焚,心急如焚啊!

猛不定地,他就感到了些异样——

天突然暗了!

你爷爷抬头瞧,从东南方向啊,有无边的黑气,翻着卷着,铺着展着,遮天蔽日啊,拥拥挤挤,向着他就漫压过来啦!

开始,你爷爷真还以为要下雨了呢,可等看仔细,就蒙啦,傻啦!

什么啊?蝗虫啊,也就是咱常说的蚂蚱啊!

你爷爷发呆的工夫,它们到了。它们扑打在你爷爷头发上、脸上、眉毛上、胡子上、手上……哪儿都是啊,脚落下去是,手挥出去是,前后左右都是。你见过下大雪吧?那蝗虫啊,比那纷纷扬扬的雪片还密实……

你爷爷当然想救护那些禾苗啊!但可能吗?连眼也睁不开。你爷爷人生头一次遭遇这景象,他心慌了,决定先逃离了。可在逃离之前,他不甘心啊,还努力挥舞着双手,瞄了瞄那些指望着的禾苗。就见那些禾苗,顷刻之间,早狼藉得只剩下秆啦!

当你爷爷跑回家,蚂蚱的先头部队也进攻到村子里、院子里、树上,乃至屋子里了。它们哄抢一般,肆虐着一切可以肆虐的植物。

那会儿,我们干什么呢?我们正遵照你太奶奶吩咐,躲在堂屋里烧香磕头呢!

你太奶奶说这是神虫啊,说这是上天派来惩罚人间罪孽的使者啊!她让我们——我、你二爷爷、你三姑奶奶、你四爷爷、你五姑奶奶、你爸爸、你叔叔,还有你二奶奶、你二奶奶家的姑姑,把房门关严实,一律跪到堂屋里去了。跪在堂屋里干什么呀?烧香磕头啊!求菩萨保佑啊!

我们正跪着祷告呢,你爷爷从外面闯进来了。他见我们这样,发火了。他淌着汗,喘着粗气喊着,谁让你们这样的?

我。你太奶奶扭头斜扫他一眼,说。

您说，这样做有用吗？你爷爷瞪着眼睛，责怪你太奶奶。

没用？这会儿你去别人家转转，瞧瞧谁家没这么做？你太奶奶说。

这不扯淡吗！这能解决以后吃的问题？你爷爷瞪着眼睛，冲我们继续喊着，起来，都起来！

我们不敢起来啊。虽然你爷爷掌管家事了，可毕竟你太奶奶当家呢！

哎呀！急得你爷爷就呼啦着自个儿脑袋，跺着脚转圈儿啊。

转着转着，他"扑腾"一声就跪在地上哭起来了。那是我第一次看到你爷爷这个大老爷们哭啊！

他抹着泪，说，娘啊娘，田里庄稼被蚂蚱们咬光了，铁定今年颗粒无收了！咱家还有多少粮食，您知道啊！要是还想让家人们活，娘啊娘，我求您，让他们赶紧起来……

起来？起来干吗？你太奶奶语气不硬了，她内心动摇了。

咋办？你爷爷站起来，话里冒着火气儿，带着狠劲儿，说，蚂蚱们吃咱庄稼，咱就吃它们，咱就把它们当粮食！

把它们当粮食？它们能当粮食？你太奶奶惊讶地盯向你爷爷，说，它们可是神虫啊！

咱能活命，咱才叫它神！你爷爷说。

你太奶奶愣怔好一会儿，才说，你，你看着办吧。

终究，一家子人听从你爷爷指派了。

你爷爷让我们把渔网加密到能网住蚂蚱的程度，挂到胡同上面去；又让我们把家里的几个炕席用麻绳缝连到一起，卷成喇叭口状固定到胡同口一边；再在炕席的喇叭口外支起了一口大锅，大锅里面放上水，下面燃起腾腾木火。

之后，我们女人们负责烧火，你爷爷他们负责举着扫帚之类的东西驱赶蚂蚱们,向着那个喇叭口处驱赶啊!

火旺了,锅开了,你猜怎么着,那些蚂蚱哟,竟一批批地、前仆后继地沿着喇叭口径直冲进滚开着的水中了。

我们把它们捞出来,晒干,炒熟,再储存到存过粮食的大缸里。

蝗灾闹了十几天,我们也忙乎了十几天啊。十几天里,我们储存了几大缸蝗虫啊!

那一年,好多人家都出去要饭了,村子里饿死了很多人。可我们家却因为那些储存的蚂蚱,度过了荒年。

民工的智慧

搬进新居的头一天下午,只剩女主人一个人在家。

突然,那厨房方向传来不明的声响。哗啦哗啦,像是有人在里边洗什么,又像是有谁在里边喝水呢。咕咚咕咚,闹着声响。再听,绝对是厨房里,不会错的。

歇在床上的女主人就害怕了。男人还没有下班啊,莫非有贼?这是大白天呀!她壮着胆子从床边墙上摘下了丈夫经常把玩的宝剑,轻手轻脚走过去。

似乎动静还在继续着。在离厨房还有几米远时,她感到自己的头发快要立起来了。她停了脚步,不敢再往前去,口里发出听起来很严厉其实很恐慌的声音:谁?谁啊?

里面瞬间静下来了。她站在那儿,仔细地听听,谁?说话!

没有人答应。她决定闯进去看个究竟。等她猛推开门,走进去,令她更惊惧的是,里面什么也没有。

她瞪大了眼睛,四下里认真搜索着。窗户插得好好的,肯定没人动过。每一个角落寻遍了,什么也没有。连那扣着的碗也翻过来看,依然没任何发现。

奇了怪了!闹鬼了?一想到这儿,她身上冷汗冒出来了。她慌慌张张地从厨房中逃出来,冲向了电话,通了,她话音哆嗦着,说,你,你快回家,快回家哟!

丈夫匆匆回来了,她语无伦次地把刚才的事儿说给他听。

不可能的,虚惊吧?

她想想,丈夫说得似乎也可能。

到了深夜,夫妻俩刚要睡觉工夫,那厨房里声响又传了过来。

听,你听!女主人眼睛里再一次显露着恐怖。

男主人也真真切切地听到了。他勇敢地冲到厨房去。在明亮的灯光下面,却还是什么也没发现。唯一让他感受到的是可怕的宁静。明明存在过的声响到底从哪里来的?

等他再回到卧室,一种疑惑便压在心头了。难怪人家刚买几个月的新房肯赔上几万元也卖呢!原来是个凶宅哟!

谁叫你捡这个便宜呀?世界上有无缘无故的便宜吗?女主人愤愤地说。

我们先找个道士净净室,看看怎样?

几天后,他们花三百元钱从山上请了个自号半仙的人。那道士在室内画符、掐诀、念咒,折腾了半天。

那厨房更加神秘了……

可过后,响动仍还是外甥儿打灯笼——照旧。

这天半夜,女主人"啊"的一声猛然从睡梦中惊醒,说,鬼,鬼

呀！怕,我怕呀。赶快离开这儿吧！为了安宁,哪怕我们也赔上几万元呢……

看来只好这样了。

第二天,男主人在路上碰上了一个民工。那民工向他打听附近谁出租房子,还说要是价钱合适买也可以。

那,那你就瞧瞧我这房子吧。要是卖给你,你会出多少钱?

哈哈,你这房子,是那个"鬼宅"吧?

什么?你听谁说的?

哈哈,这样的事儿谁会不知道呢?就连你请道士我也听说了啊! ——可我不信邪,你要卖给我,也行! 但有一样,得便宜!

几天后,民工搬进了这套房子。

民工的妻子问民工,你呀你,怎么一定要拣人家抛弃的东西呢? 民工笑笑说,他们抛弃是因为他们怕鬼啊! 我可明白着呢! 你知道的,这房子是经我的手建造的哟!

又隔了几天,民工找几个同伙开始修理房子的下水道。很快,在下水道拐弯的地方弄出了一个活物——一条尺寸长的大鲇鱼。

哈哈,这就是那个鬼啦! 媳妇,你瞧瞧,多亏了这个鬼哟,要不我们怎么会住上这样的房子呢!

最后的伴儿

比较而言,今年丁家寨的冬天还算温暖。

这个午后,因为阳光下面稍有些和煦的成分在,九十岁的丁得仁老头有点艰难地挪出了院子。他把马扎子放在大门口南墙根下面,坐下了。坐下后,他先用眼睛瞅了瞅冷冷清清的街道,希望能见到一两个人。凑巧,很长的时间里,竟连个影儿也没有。哎,丁得仁老头不由得长叹了一声。是啊,怎么还会有当年的繁华呢?这几年里,搬走的搬走,外出的外出,寨子里还会有几户人家啊?在这个农闲时节,剩下的,真没几个人了。有,也多是些老弱病残啦。

街道上太凄惶了。丁得仁打开口袋里的收音机,把音量调到最大。可是,他知道没有用的,就算安装上扩音器,接上大喇叭也没有用的。因为最近这段时间里,他耳朵里除了嗡嗡嗡的轰鸣,还能听到什么?已然成摆设了,废了,聋了!自然,再不能享受到单田芳、袁阔成的评书了,再不能听到鸟儿的"啾啾啾"和小狗的"汪汪汪"了……

他眼睛向西看,盯着街口那个拐弯处,他期望丁有义会从那里冒出来。

丁有义比他稍小几岁。在以往的日子里,有义总会凑到这里来,跟自己谈论起一些陈谷子烂芝麻的旧事。前年春天,有义讲他爷爷在西边山上打狐狸的事儿;去年秋天,有义说他父亲当年

在东边林里打小鬼子伏击的事儿；今年夏天，有义说他自己在寨子的小学堂里五八年大炼钢铁的事儿……可是，自从夏天以后，丁有义突然不见了。

丁有义不见了，便听不到他瞎咧咧了。听不到了，耳朵也便懒了钝了。稀里糊涂地，真就不中用了？

那个狗东西咋了？钻到地下听蛐蛐叫去啦？

要不是去有义家需要上个山坡，要不是上了坡还得下坡，要不是下了坡还得再走山沟沟，自己不早去看究竟啦？哎，那么多假设干吗？说到底，还不是自己腿脚不听使唤啦？要是当年，那些路算述啊？

得仁也曾向看望自己的亲人打听过有义的，偏偏谁都说不清楚，或者是故意说不清楚。

就在丁得仁瞎琢磨的工夫，丁有义猛然出现了，他腿一哆嗦一哆嗦地，一挪一蹭地，拄着棍子朝着他走过来了。

得仁盯着有义走路的样子，明白了。哦，敢情闹病了。看样子，还不轻呢！

远远地，得仁冲有义笑笑。

有义见到得仁笑，也笑笑。

好不容易地，有义来到了得仁身边，扶着一棵小槐树站住了。

得仁不清楚的，有义在这个夏天，突然得了脑血栓，亏了他亲侄子发现得早，及时送进医院里。但后遗症落下了，栓塞了嘴。虽然还能吃饭，能张能合，却哑了，再也说不出话来。

得仁大声说，有义啊，你小子可来了，说个故事吧，我早等你来讲故事呢！得仁再怎么大声说，是听不见自己的声音的，他只能感觉到自己的耳朵在嗡嗡嗡。

有义倒是听明白了，他张张嘴儿，再张张嘴，本想说什么可又怎么能说出来?

得仁看着有义嘴的口型,以为有义说话呢。他装作没听清楚的样子,问,你啊你,说什么呢?

有义有点急了,他支支吾吾着,啊啊地想喊,可依然喊不出。

得仁见有义憋得脸红脖子粗,莫名其妙,说,你啊,你说什么故事呢?咋那么激动啊?

有义听着,莫名其妙,他愣愣地盯着得仁,想,我没能说出什么啊,他咋说我说故事呢?

咋?快说啊,我听着呢,继续讲啊。得仁催促着。

有义便又张了几下嘴。

得仁望着有义,点着头,微笑着鼓励说,老弟啊,继续讲,你讲得真有意思,我愿意听啊!

一瞬间,有义明白了。有义目不转睛地瞅着得仁,停顿片刻,嘴巴就又竭力地动起来了。时不时地,他还晃动几下手臂,俨然正说什么呢。

当时,得仁笑着,有义也笑着。一个仿佛听得很入神,一个仿佛讲得很有劲儿。

斜阳在山,好像被什么感动了,迟迟不肯掉下去。

谁家的清潭

山上有一潭。潭周边野生树木成林,潭中水清清亮亮。站在岸边瞧向水中,小石头、鱼儿几近清清楚楚。杰小时候就喜欢这个地方,常常跟小玩伴们一起到这里来捉鱼、洗澡、玩乐。

转眼二十几年过去,杰看中了这儿潭清树荣、冬温夏凉的特点,凭着自己的条件,与当地政府签订了五十年的承包开发合同,成了这片山地的主人。

之后,杰花巨资整修了山道,漫山遍野栽了石榴和杏树,还建造了几十间古朴雅致的房子。在短短的时间里,这有着清潭的山地,被打造得清幽独特、魅力无限,变成了闻名遐迩的旅游度假村。

自然,想进到里面去玩乐,是要掏钱买票的。

杰对度假村里中的几个工作人员要求很严格,他曾几次三番地强调说:绝不允许不买票进山的情况发生!

偏偏在这个夏日的傍晚,尽管工作人员看护得很严,不买票偷着进山的情况还是发生了,并且钻进来的还不止一个、两个,而是五个人。

巡查员报告说,这几个人肯定没有买票,这会儿,他们正在潭边游泳呢……

先不要惊扰他们,我马上过去。杰得到信息后,决定亲自去看看。他想搞清楚,这五个人是怎么进来的,是谁违反规定私自放他们进来的。

要是查明白了,非当即开除他不可!他暗想。

等杰匆匆来到潭边,借着明晃晃的月光,观察清楚了:有五个脑袋在潭边的清水中晃动着。一些衣服被胡乱地扔在岸边。

原来全是十几岁的孩子!

他威严地站在岸上,厉声喝道,你们是怎么进来的?都给我上来!

他以为,如此一喊,那几个小东西还不被吓得屁滚尿流、灰溜溜逃窜啊。不料想,这几个小家伙只是扫他了几眼,便不再理会他,仍继续在里面嬉戏打闹着。

他就又大喊了一声,你们听到没有?喊完又威胁说,再不上来,我先把你们的衣服收走啦!

终究有效果了。一个孩子搭话了,还理直气壮地说,清潭是你家的吗?你凭啥收我们的衣服?

嗯,你说对了,就是我家的!他当然有底气的。

你家的?哎哟!一个孩子夸张地嘲笑起来,这么大地方,他说是他家的,你们信不?

他便被惹火了,脸红脖子粗地吼着,说,我掏了钱的,我跟政府立了合同,不是我的还是谁的?

你说是你家的,那你用你的鼻子粘粘,能粘到你家不?你用嘴叼叼,能叼到你家不?你用手拿拿,能拿到你家不?

我……杰被问住了。这颇熟悉的话,一下子把他拉到对二十几年前的回忆里:

杰十二岁那年的那天,在这个地方,杰正在水中泡着洗澡呢。凑巧,随着爷爷放羊的漂亮妞二丫过来了。和他同龄的二丫见他在潭水中洗澡呢,便蛮横地冲着他喊,快走,别弄脏了我们的水!

嘿!漂浮在水上的他听到,争辩说,你家的?这么大地方,怎么会是你家的?还是我家的呢!

就是我家的,二丫嚷嚷着,说,我家的羊天天喝这儿的水,怎么不是我家的?

你家羊喝水就是你家的?我还天天在这里游泳呢……是你家的,你用鼻子粘粘,能粘到你家不?你用嘴叼叼,能叼到你家不?你用手拿拿,能拿到你家不?

二丫被问住了,脸憋得通红,硬梗着脖子,说,反正不是你

家的!

杰还故意逗弄二丫说,迟早会是我家的!

你?甭想,这么大地方,该是大家的,我也有份的!二丫说。

哈哈。怎么,你没话说了吧?几个孩子仿佛掌握真理一般,大笑起来。

啊……杰这才醒过来了,他开始面对现实。他想,原来,这些孩子们,跟自己小时候一样,人小心大呢!

一瞬间,杰口气变了。杰说,我倒不是怕你们来,我是怕你们没大人看着,出事啊!

哦,一个孩子早叫起来,说,谢谢您,伯伯!那就劳驾您,看护我们一会儿吧……

嘿!这些孩子!杰禁不住笑了,他喜欢上这些孩子了。

经过一夜思考,杰的心胸如潭中的清水一样透亮了,他决定把进山的大门,对周边的乡亲们敞开。

后来,当地的电视台对他做了一个专访。

杰说,这秀丽的清潭绝不是某一个人的私人财产,人人有份的。附近的乡亲们,更有享受它的权利啊……

一兜子鸡蛋

五保户王顺老头七十多岁了,住在村北头小院里。他无儿无女,只有个侄子叫王平。可王平在大城市里工作,只能逢年过节会来看望他,或给他邮寄些钱物来。

王顺在村子里人缘挺好,有什么事儿,乡亲们都会主动来帮忙的。比方说房子漏水了,会有人张罗着来维修;地里庄稼该播种或收割了,也会有人搭把手;冬小麦该浇水了,也不用王顺操心,王翔、王乐、王安等小一辈人连吩咐都不用便做好了。

王顺生活得很好,天天优哉游哉,快快乐乐。偏偏,这一年,王顺病了。王顺的病来得挺突然,刚才还好好的,正立在街里说话呢,猛不丁就跌倒了。哎哟,村里人一见,慌了,赶紧找车,赶紧送医院。还好,送得及时,加上村里人轮番精心照料,王顺住了些日子后,出院了。出院是出院了,可后遗症落下了:说话不清楚了,含含糊糊的;走路不稳当了,一挪一蹭的。

王翔等再跟王顺交流,王顺就激动,就掉眼泪,翻来覆去只一句话:我连累大伙啦……

王翔说,什么话?谁让咱生活在一块儿呢,我们不帮衬谁帮衬?

是啊,应该分担的!王乐、王安也附和着。

王顺的侄子王平回来了。王平执意还清了大伙儿凑起来给王顺住院花的钱。开始大家还推脱,可推脱了半天,见推脱不过,只好接了。王平说,想把王顺接到城里住上一阵子,以便自己照顾他。

谁知,王顺却连摇头带摆手,吞吞吐吐地说,不去……别扭……住不惯!

是啊,城里哪有自个儿家里舒坦呢?老了老了,王顺又怎愿意离开生活了一辈子的土地和乡亲们呢?村里人理解的。王翔、王乐、王安等村里人就一个个地对王平说,算啦,就让王顺叔继续在村子里待着吧,有大伙儿呢!

终究,王平拗不过王顺。王平也不能总陪着王顺,他见王顺

康复得能够自理,就决定要走了。

王平走那会儿,只有王翔在。王平说,翔哥啊,你离着近,以后我叔可靠在你身上啦,有事儿千万打电话啊!

王翔说,放心吧,没事儿!有我呢,有大伙儿呢!

王翔去送王平。要分别了,王平忽然想起了什么。王平说,翔哥啊,等等!王平说着,跑进街旁小卖部了。王翔正纳闷呢,王平已然从小卖部里拎着一兜子鸡蛋出来了。王平把一兜子鸡蛋往王翔手里递着,同时递着二百块钱。王平很动情,很真诚,说,翔哥啊,算我一点心意,以后你费心啦!

王翔愣了片刻,便推辞,可推辞半天,也没推出去。只好说,这样吧,这篮子鸡蛋我要了,若要这钱,那真见外啦……

王翔光收下了王平买来的一兜子鸡蛋。

要过冬了,人们聚集在院子里帮着王顺打煤球。干着干着,一个人说,翔哥啊,你得多干点吧?王平曾给过你一兜子鸡蛋呢……

王翔听了,当时也没往心里去,还说呢:是啊,那天,王平临走非给我留下一兜子鸡蛋,我不要都不成……

他硬给你一兜子鸡蛋啦?王乐口气里透着羡慕,说。

王安眨巴着小眼睛,话语里也显出妒忌了,说,看看,敢情王平跟你关系好呢,只想着你啊……

其他人听了,心中暗暗添堵了些不平:大家一样帮着顺叔,咋只给王翔一兜子鸡蛋呢?

渐渐地,上王顺那儿照看的人越来越稀,次数也越来越少。最后竟只剩下王翔积极些了。开始,王翔没有意识到什么。可这一天,在一个墙角,他意外偷听到了王乐和王安的对话。王乐撇着嘴跟王安说:他王翔该积极嘛,凭什么王平给他一兜子鸡蛋呢?

啊？王翔蒙了,傻了。王翔想,莫非一兜子鸡蛋便把我收买啦?

这么一想,王翔也漫不经心起来了。

这样,王顺那儿冷清了。

一冷清,王顺心里挂火啊。一挂火,坏了!病又犯了!偏偏,这次没人会见到。王顺不能喊,不能动。

两天后,人们才发现王顺死了。

等发送了王顺,人们埋怨王翔说,你这人咋这么不可靠呢?算白给你一兜子鸡蛋啦……

王翔后悔啊。他拍打着脑袋,暗骂自己:干吗接受那一兜子鸡蛋呢?

领救济来

以前,每一次都是这样:当大喇叭喊过十几分钟以后,赵五子便会颠颠地来到大队部,然后在需要填的表格上郑重地签名,再领款,领物资。

我注意到,那时的赵五子的脸上似乎总显出一些木讷、无奈、不自然,口里也常常念叨几句穷困、艰难的话,仿佛这救济真能顶大用似的,缺了它们日子就确实没法子过一样。

很快进入了二十世纪九十年代,人们的收入慢慢多起来,生活也悄然地发生着变化。赵五子跟着村子里的人们上山采石,跟着盖房班子到外边出劳力,能挣一些钱了。赵五子的妻子还在集市上做起了买卖……一切都在向着好的方向发展。

这一年,上面又下来了救济款,村委会考虑到赵五子的房子还没有什么改观,孩子们还正上着学等情况,照例首先想到赵五子,便仍对着高音喇叭喊着:赵五子,领救济来!

这一次,很快,赵五子就顶着他那黑白相间的短发急急地来了。见了我,很兴奋地说,嘿,还是大侄子哟,这样的好事总是先想着我呢,走啊,这一回,我用这钱请请你们,咱们去吃烤鸭,怎么样?我们便都笑着沉默。他签了名领了钱之后,便很有些占了公家便宜似的走了。

等晚上的时候,赵五子提着两瓶酒来到我家了。我问他:你这是干什么?

赵五子颇有些诡秘地说,嘿嘿,大侄子,我怎能忘了你呢!这好处你给谁谁不高兴?干吗就偏偏照顾我呢?我可记着哩!等以后再有了这样的好事儿,还要这样哟!这叫肥水不流外人田,嘿嘿!

我说,这是按文件精神办的,我们做了充分的调查呢!可赵五子仍然说,嘿嘿,这年月的事儿我明白着呢,大侄子。

进到二十一世纪的第一年,上边又下来了一个救济指标。我们经过研究,考虑到赵五子家刚盖了新房,他的大儿子高中临近毕业要考大学,赵五子还养着两个老人等等,还是决定把这个指标留给赵五子。于是,用高音喇叭喊:赵五子,领救济来!

喊了好多次,也不见赵五子来。我们都很纳闷。一直等到第二天早上,我正准备去找他的时候,赵五子竟进了我的家门。一见到我,他就很郑重地说,大侄子,以后可千万别在大喇叭里喊我了,我们现在已经不穷了呀!还总像以前那样喊,我可感到丢人了呢!再说,我大儿子也到了娶媳妇的年龄。……以后我们可真的不需要救济了哟!

我瞧着脸红起来的赵五子,似乎悟到些什么……

且听下文分解

那时候村子里没电视,有收音机的也不过几户,还是文化匮乏的年代。二十岁的燕子迷上了听书。

夜漫长,闲着无聊,燕子随着伙伴们到邻村听书。散场了,几个人常常觉着尚不尽兴,回来路上仍念叨个没完。又走夜路,又要受冻,燕子就央求父亲,要父亲也请个说书的来。燕子的父亲是支书,也喜欢听书。村支书说,那还不容易,不过管管饭,给几个钱嘛,请一个来就请一个来。

真请来了一个,是位年轻的俊后生,名字叫贵清。贵清说的是《杨家将》破天门阵一段。他住在大队部里,吃饭在燕子家吃。

一来二去,燕子就和贵清熟悉了。饭桌上,燕子就数落贵清,说,你这个人咋那么坏呢?咋天天留下大尾巴,弄个"欲知后事如何,且听下回分解"呢?燕子模拟的语调惟妙惟肖,弄得贵清吃在嘴里的饭差点喷出来。贵清望着燕子,望久了,脸就红了。

两个月过去了,贵清的书是天天分解,可总也分解不完。燕子的父亲便有些急,私下里埋怨说,这个天门阵咋这么难破呢?再破不了,就不让他破啦。这样下去,得费多少钱哟!燕子听到,就慌了。燕子说,怎么说,也得等人家把天门阵破了吧!书不说完,村里人的心都悬吊着,多难受,是不是?燕子想,贵清啊,这天

门阵可千万别破呀!

这天深夜,散了场,大队部里走光了人。燕子都走到自家门口了,却又悄悄地旋回来。贵清正要插门,燕子推开便进了门。燕子说,我晚上听着还不过瘾,别让我明天再为书里的人物提心吊胆啦,这会儿先给我分解完好不好呢?贵清就笑,说,我分解完了,到哪里去吃饭?到哪里见你这么漂亮的妹子呢?

燕子仍然不罢休,说,那你先把今天的分解分解,那个杨宗英变成小猫后,被江翠屏抱到营帐中了,后来咋样?

贵清被缠得没了办法,说,后来,后来江翠屏就睡着了。

再后来呢?

再后来杨宗英这个小猫就喝酒了。喝了酒,就坏了!

坏了?怎么坏了?

小猫现了原形,就醉倒在江翠屏床上了。再后来江翠屏就醒了,再再后来两个人就……贵清说到这里,不说了。贵清不说了,可燕子还想知道,就刨根问底。一刨两刨,贵清和燕子就刨到一起了。

终究让支书知道了。支书就不让贵清讲书了,赶着他走。

其实支书已经给燕子准备好一门亲事。对象是公社书记的儿子勺子。谁都知道,勺子家家财万贯的。勺子早相中了燕子。可燕子不同意,燕子嫌勺子不会说书。燕子对当支书的父亲说,我才不稀罕家里到底有多少钱呢,我要找个会说书的男人,让他天天给我说书哩,那样的日子会多快活!

支书当然不答应。支书说,会说书的男人,跟乞丐有什么两样?哪会有好日子过呢?不行不行,坚决不行,有钱过日子才要紧啊!

不行我就去死!燕子很坚决,燕子说,就是乞丐我也不在乎,跟着自己喜欢的人就是吃糠咽菜也是幸福的。

支书拗不过燕子。最终,燕子真嫁给贵清了。贵清也没离开这个村子,成了支书家的上门女婿。

一晃十几年过去,村子里早家家有了电视,一些人家还用电脑上网了。这个时候,谁还会去听书呢?

贵清没说书的地方了。可在家乡又找不到挣钱的合适行当。

眼瞅着人家一个个发了,有了汽车坐,有了钻戒首饰戴,燕子便撺掇着贵清到外面打工去。贵清说,你也不听我下回分解啦?

燕子说,去,去!你分解这么久,除了分解出个儿子来,还分解了什么?来实惠的吧,给你儿子挣钱去,将来好娶个媳妇,才正经哩。

燕子说,你挣不来钱就别回来啦!那书,我听腻烦了!

贵清走了。贵清是被燕子逼走的。贵清走的时候说,我挣不来钱不会回来的。

这一走,十几年里竟没了确切的信息。其间,有人说,贵清在外面发了,又有新家了;有人说,贵清疯了,被车撞了;还有人说,贵清让人骗到阿拉伯做苦力去了……

燕子哭了,燕子怎么也想不到会这样!燕子想,贵清别真死在外面了吧?

这一天,对贵清已不抱任何希望的燕子偶遇曾追过自己的勺子。此时的勺子早成了远近闻名的企业家。但勺子还念想着燕子,还喜欢着燕子,还渴望能拥有燕子。勺子说,到我那里干吧,我一年给你二十万。

燕子就被二十万诱惑着到勺子厂里了,时间不长成了勺子的情人。

燕子随着勺子到南方去。那一天,燕子穿行在四川省的一个

县城里,猛然间,一阵鼓乐声吸引了她。她便循着音响进了一家茶馆,里面正有太熟悉的声音流入耳内:欲知后事如何,且听下回分解……

果然是贵清,燕子远远地看着如乞丐模样的贵清,看着还如醉如痴说书的贵清,眼泪早下来了,燕子想,这就是自己曾迷恋过的贵清啊,这就是他的下回啊,当时我怎么会看上他了呢?

贵清也看到了燕子。贵清见到燕子,认出了燕子,就激动了。他停止表演走上前来,好久才长叹出声音,这些年,我还没能挣钱呢,可我很想知道,现在,你还会听我下回分解吗?

燕子愣怔了片刻,竟又想起往日的时光……

害人的传家宝

金宝老头两个孩子,一儿一女。女儿没有考上学,到该婚嫁的年龄,嫁在了当地。儿子研究生毕业后,留在大城市里工作,在大城市里安了家。

很快,儿子和女儿都有了儿子。也就是说,金宝老头既有了孙子,又有了外孙子。

且说金宝老头有把很锋利、很精致的刀子。刀子不长,可以开合,打开了,也不过二十来厘米光景。据说是祖上传下来的,能吹毛立断、削铁如泥呢。

这把刀子,金宝老头视如宝贝,一直东掖西藏,很少示人。

金宝过五十八岁生日那天,正处夏日,天热。金宝在院子里的葡萄架下躺椅上歇凉时,八岁的外孙柱子在屋里乱翻,无意中竟把那刀子找到了。柱子拿着它兴奋地凑到金宝面前,说,姥爷,姥爷,这个东西真好玩,送给我吧。

金宝一见,吃惊不小,声调立马变了,说,小祖宗啊,你咋会把它找出来呢？说话工夫,早一把抢回到自己手中。

柱子被金宝吓住了,稍愣片刻,哭了,一个劲儿地哭,没完没了地哭,好说歹说还是哭。女儿在一边,便受不住了,说,爹,那个破刀子,给柱子算了,你藏着它干吗？

金宝望望女儿,又瞧瞧仍做着哭状正捂眼通过指缝偷看自己的柱子,心一软,说,算了,给你吧。

柱子当即破涕为笑,跑到金宝面前,去接,眼瞅着快要到手了,谁知,金宝又把刀子收回去。金宝笑着说,别,这刀子太快,万一伤着人咋办？还是等等吧,等你再长大些,懂些事了,给你也不迟。我先替你收着,行不？

偏偏,金宝七岁的孙子光也看见了那把刀子,他好奇地走到金宝面前,说,爷爷,什么啊,我看看。

金宝便笑着,说,当然是宝贝啊,你看？好啊,给。想都不想便递给了光。光拿过去,翻来覆去地看,爱不释手。

金宝在一边说,说清楚啊,只准看,不准打开。等你长大了,再送给你!

啊,你不是说送给我了吗？柱子在一边听到了,嚷开了,姥爷,你到底送给谁？你说话算不算数呢？

金宝愣了,想想,说,不是我说话算不算数的事儿啊,给谁,总得等你们长大吧？小孩子家怎么玩这个!

又过了十几年,外孙柱子在乡里干起了杀猪卖肉的生意,孙子光在城里开了家公司当上老板。

外孙柱子因为离着近,隔三岔五地去看望已经老态龙钟的金宝。当然看望的时候,总忘不了带着些礼品。金宝在大街里便向乡邻夸柱子,柱子比光强,光都有两年没来看我了呢!

有人便说,柱子强,以后你的财产留给柱子吗?

金宝听了,就沉默不说话了。

柱子和金宝老汉在一起吃午饭。金宝看出来,柱子心里有事儿。金宝说,柱子,有什么为难的事儿,你只管说,或许我能帮你呢?

想不到,柱子提起了那把刀。柱子说,姥爷,该把那把刀子给我了吧?我用得着的!

刀?你还想着那把刀啊。金宝老汉当即变得很迟钝,好半天才说,那把刀,它早被你舅舅拿走,给光了,你咋不早说?

柱子眨巴着眼,眼里的光暗下去。金宝赶紧支支吾吾着把话题岔开了。

隔些日子,金宝儿子回来了。等儿子要回城的时候,金宝说你等等,给光捎个东西吧。说着,他忙乎起来,拔开土炕,一阵摸索,就从里面掏出了个裹了一层又一层的包。打开,是那把刀子。金宝对儿子说,柱子要好多回了,我一直舍不得给他。我想:好东西,总得留给孙子,总得留给光,外孙子再亲也不如自己的孙子亲啊,今儿你快给光拿走吧。

儿子说,柱子有用,就给柱子吧。一把刀子,光用它干吗呢?

别,它是咱家的传家宝呢,还是给光!

儿子也听话,就把这刀子带进城里,给了光。同时把金宝的话说给了光。光听了,感叹说,爷爷终究是爷爷,爷爷好!

后来,柱子听说了,只是笑笑,还像以前一样不停地去看望姥爷金宝。

光拿到了那把刀,心里美啊,他知道这刀子是个好东西,天天带在身上,时不时还向玩伴儿们炫耀显摆。

谁知那一次,光喝多了,和玩伴们闹了别扭。一时气恼,光竟用那刀子捅了人,进了监狱。

很快,消息传到金宝耳朵里,他拍着自己的脑袋说,都怪我,都怪我,我干嘛非把刀子传给光呢!

邻　　居

这天下午,李猛正顺着梯子往自家房上背玉米时,忽听得"扑通"一声响,他意识到西边邻居家有情况,便扭转头望过去,只见张扬老头从厦台上栽倒在院中的地上了。更怕人的是,张扬老头栽倒后,扑在那儿似乎死了般,一动也不动。

哎呀!李猛禁不住地叫了声。李猛妻子正在院子里呢,见丈夫那样子,小声地问,怎么啦?

李猛缓过神来,努努嘴轻轻地说,张希他爸……

真费劲!到底怎么了?李猛妻子不再问了,自己噌噌地爬上梯子来观望。

这时,张扬老头好像有些反应了,腿在蹬,手在挠,不清楚什么地方破了,脸上还见了血。

怎么办?李猛看着妻子,妻子看着李猛。倘是六年前,李猛早跳过去了,问题是,现在两家不和气,已六年没说过话啦!

可那边好像没别人啊!李猛说。

张希他妈肯定去地里干活了,不在家!张希他们在外地打工呢,也不可能在家!现在家家户户都忙着播种小麦,更不会有人知道的!李猛的妻子脸色沉重了,说。

那怎么办?李猛喃喃地说,等着妻子做决定。

还怎么办?快,开车,咱过去救人!李猛的妻子慌张起来了。

六年前夏天的一个午后,老张正睡午觉呢,房顶上竟咚咚咚地响起来了。迷迷瞪瞪地,老张开始还以为是地震呢,便没好气地出去看个究竟。就见李猛家刚上二年级的孩子小铮正领着几个伙伴在玩捉迷藏呢,自家刚用白灰炉渣抹的房面给弄得一个坑一个坑的。

老张生气了!吼道,这是玩的地方吗?下去!

小铮仗着人多,犟嘴说,不下去!就是玩的地方!

更激怒了老张。他脸憋得通红,说,再不下去会摔坏你们的!

偏偏,小铮拧着脖子还回骂他,只摔坏你,摔坏你个老不死的!

你说气人不气人?老张不由得冲过去,拽住了小铮,还悠着劲儿刮了小铮脸一下。其实也不过吓唬他,给点颜色算了。谁知,这一吓,小铮大哭。

刚巧这时候,李猛夫妇浇地回来了,正看到老张打小铮。李猛妻子哪是善茬子?想肯定是小铮吃亏了,被老张欺负了,当即就恼啦,于是,"战争"升级。

幸好有人劝住。这以后,两家关系僵了,以至于六年里"鸡犬之声相闻,老死不相往来"。

柳絮飘、桃花红的时节,老张恢复了健康。这一天,他在院子里整理花草呢,老伴告诉他说:李猛和妻子拉菜时,遭遇车祸,都被送进医院了!

老张听了,低着头长时间不说话。晚上终于说话了,翻过来覆过去只一句:怎么会出这种事儿呢?你说,怎么会出这种事儿呢……

傻了,你?老伴望着老张。

你说,怎么会出这种事情呢?老张还是这一句。

半夜,老伴正睡觉呢,老张竟孩子般莫名其妙地哭起来了。拉着灯看,啊,还抹眼泪呢!

你咋啦?

老张说,小铮要知道了会怎样?还会安心上学吗?

啊,原来深更半夜你琢磨这个呢!老伴想了想,也伤心了,说,可哭有啥用?

老张说,得帮他们呐!

帮吧,人家还救过你的命呢!

要不咱先把家里放着的那五千块钱送过去?还有,小铮星期六回家的时候,先领到咱家来,就对他说,他爸他妈到外面做生意去了!老张说,遇事儿得互相支撑啊。

寡妇家的麻将摊

回生一上初中就住宿了,家里只剩下回生娘一个人了。

儿子在家时还有个可围着转的人,心里也会有一些事儿安排着,容不得孤单寂寞的。可现在不一样了!尤其到了晚上,那宽敞的院房,一下子显得格外空落下来了。她便去看电视,可电视里又总出现一些让人心情荡漾的镜头呢。那些东西会勾起回生娘对回生爹在世时的情景的回忆,那更是一种别样的痛苦和压抑哟!

回生娘从家里逃出来,来到了村里的小卖部。

小卖部里是最有人气的地方。那灯光下总聚着一圈打麻将的人。回生娘开始也夹在人群中看。看着看着,便看出些什么门道来了,到后来渐渐手痒了。赶上缺人儿了,在其他人的撺掇下,回生娘还敢坐到那正位上去。起始,她心里还有些惶恐和紧张,但奇怪了,作为生手的她手气竟出奇地好,总是赢。一连几天下来,她都赢到上百块呢!这么着,回生娘迷上那麻将了。每天一天黑,回生娘急着做饭吃饭,更多时候连碗都顾不上刷,就匆匆去抢地方了。

可也有迟到的时候,这一次等回生娘到那儿,人家早成上了。那没办法,只好候补了,就等。不一会儿又等着了几个人。连邻居刘庆也来了。有人便说,看人家打牌终究不如自己打有意思,干脆我们再去成一摊,怎样?回生娘第一个响应,说,好啊,我们再去成一摊,这会儿的夜头儿,长着呢,可牌呢?刘庆说,我那儿就有。我把牌拿到你家去,在你家里玩行不行?又给你看家,还没人打搅,多好啊!

从这以后,回生娘家里就摆上麻将摊了。

麻将是一种很消磨时光的玩意。不经意间,还不怎么尽兴,几个小时过去了。偏偏里边有个把铁腿钢脚,有时很晚了,还赖着再打。回生娘也不好意思催人家走,致使那稀里哗啦的声音偶尔会整夜地响着。一直到第二天太阳升起来了,才见人们揉着那红了的眼球打着哈欠走出去。

这可不好了。首先有反应的是刘庆媳妇。有一天晚上,刘庆媳妇没等刘庆回去早把大门插了。散场后,不管刘庆怎样使劲儿砸门,可就是不给开。最后弄得刘庆只好翻墙进家了。刘庆家和回生家是东西街坊,只有一道围墙相隔的。回生娘想,进大屋时,刘庆媳妇给不给他开门呢?嘿,我得偷着瞧瞧去。等她蹑手蹑脚地走到院子里,正听见刘庆媳妇愤愤地骂着:你回来干吗?还不宿在那小寡妇那儿?

回生娘已傻愣在自家院庭的台阶上了。

等再到晚上,刘庆仍还来了。哈,你还来?你不怕你媳妇给你再插门啊?哈哈。回生娘取笑着。

刘庆嘿嘿笑着说,她真不给我开门,我不会宿你这儿啊?

放你娘的臭屁!回生娘想起昨天晚上听来的话,当即就从客厅的沙发上抄起个扫帚向刘庆扔过去。众人赶忙劝说,刘庆也赶忙给回生娘赔不是。

于是又码牌,拿牌,紧紧张张地玩起来。

当墙上的钟表指向九点,人们真又听到了刘庆家插大门的声音。

哎,听,大门插上了!似乎还故意闹得挺响呢。

哈哈,那是抗议呢!有人说。

你赶快回吧,快给你媳妇赔礼去,顶多跪一会儿搓板,或许你媳妇便开恩饶你了!回生娘说。

放心啊,今天我保准不会跳墙的。——快打牌吧。刘庆说。

一直到了快十一点,散了。回生娘对刘庆说,我倒看你怎么进家门。大家等着瞧,会有好戏的。

可到院子里,一眨巴眼却没了刘庆的影儿。细搜寻,却见刘庆已经顺着梯子溜上回生家的房,再顺着他自家的梯子下到他家院子里去了……

再以后,村子里便有人创了条歇后语:刘庆串房进门——家常便饭。这话一流传,慢慢变了调。就有人从那里面,琢磨出别的来。

这天,回生娘刚从地里回来,就见她家门口的石碾上坐着刘庆媳妇。刘庆媳妇一见回生娘,泼劲就来了:你个养汉老婆,我给你介绍汉子,你还拿腔作调,原来你瞅着刘庆好,想着勾搭俺家刘庆哩……

回生娘一下子蒙了,说,刘庆嫂,你可千万别胡说!你糟蹋我没关系的,可你家刘庆清白着呢!

哎哟,你可真不要脸呀,你这骚狐狸精不甘寂寞了,天天招惹男人到你家里去。我早听说了,打牌其实是幌子……

越闹越热闹,就有太多的人凑上来。

这都哪儿来的流言蜚语哟,简直没法叫我再活了哟!回生娘的眼泪扑簌簌地流下来。

想不到,刘庆媳妇突然跪到回生娘跟前去,说,我求你了,别再勾搭刘庆了,我管不了他,我求你行不行……

回生娘当即被气晕了。她注意到更多的人是相信刘庆媳妇话的,赶紧钻进家里去。当她扑到自家床上痛哭时,还隐隐听到刘庆媳妇在外面绘声绘色地描述呢。

这样,这麻将摊算彻底没了。以后,再没人去回生家打牌了。

自此,回生娘和刘庆媳妇也不再说话了,偶尔碰面,如同仇人般。

有一次,刘庆遇到回生娘,说,别跟你大嫂一般见识啊,她就那样的人!

没事,回生娘说,不怨她,我是寡妇嘛,我怎么能跟平常人一样呢!

转眼又是秋天。这天,回生娘把一亩多地的玉米,从庭院里一袋一袋地顺着梯子往房上背。也许太累,也许赶上不得劲儿,突然,回生娘一阵发晕,装玉米的袋子脱了手,她就从梯子上栽下来了。

等她醒时,早躺在乡医院里了。原来,正巧被刘庆媳妇看到了,是刘庆媳妇骑着那小三轮车把她弄来的。刘庆媳妇见回生娘醒了,说,哎,可怜人,你可醒了,亏我看见了,要不……看你也真够艰难的,以后再有这样的活儿,还是让刘庆帮你吧。还有,要闷得慌,就把那麻将摊子挪到我家去……

仙　　儿

仙儿长得不很出众,却是个能人,方方面面都拿得起。干庄稼活儿,她能让壮男人望尘莫及;做饭,她烧一手好饭菜,打糕点的手艺更无与伦比;尤其,她还会木工,能做出时髦的家具呢。只是,仙儿对自己婚姻却不满意。她多少次对人们抱怨说:我嫁了个"窝囊废"。窝囊废,懂吗? 我男人就是个窝囊废啊……

其实,在丁家寨人眼睛里,她男人还是蛮优秀的,会养牛,还会补锅修盆的手艺呢;会种地,还会盖房垒墙的活计呢。这样的男人算窝囊废,那什么样才不是窝囊废呢?

后来人们才知道了,敢情仙儿喜欢温文尔雅、有文化水儿的男人。这不,她看上人家二丫的男人了。二丫男人是教师,说话一套套的,不抽烟也不喝酒。除了会教书,还是会教书。连个饭也做不好,下地更是软把式。

偏偏,仙儿喜欢这样的男人。可是,再喜欢,也是人家的啊。仙儿不管。仙儿会粘。仙儿跑到二丫家里去,跟二丫商量说,二丫,咱换换吧……

二丫说,换吧,你瞧上我家啥尽管拿!

仙儿乐了,仙儿说,这可是你说的,不许反悔!

当然。

那,我用我家"窝囊废"来换你男人! 仙儿嬉笑着,说。

二丫也不恼,以为仙儿说着玩儿呢,答应说,就这么定了!

岂料,到了晚上,仙儿真拎着被子来二丫家了。

一下子,二丫傻眼了。二丫这个骂啊,把仙儿直骂得脸一会儿红,一会儿绿,仙儿才算清醒了,怏怏着从二丫家里走出来,罢休了。

以后,二丫再也不敢跟仙儿说笑话了,还私下里骂她,精神病,大脑有问题!

这个事儿在丁家寨传开时,大家全哈哈地笑,当成有趣的谈资呢。人们再看仙儿,眼睛里自然也多了色彩……

赶上仙儿男人死得早。那年那天,干着活儿,仙儿的男人猛不定就倒了。仙儿慌了,赶紧求人找车往医院送,可还没到,没气了。发送时,坟堆起来,仙儿拿腔作调哭唱说:难怪人家二丫不换啊,敢情你是个短命鬼哟……

哎呀,那情态,那氛围,把送殡的人们都逗笑了。

转眼又过了十几年,在二丫男人退休那年,二丫遭遇车祸,死了。谁会想到,在二丫的灵堂里,仙儿竟又哭出笑话了,仙儿哭唱着说,二丫啊,你走了,你男人怎么活啊……

人们偷着嘀咕说,人家二丫男人怎么活,跟你仙儿有什么关系啊？

二丫没了,二丫孩子们也全考出去了,家里只剩下二丫老男人了。

谁料,仙儿常串门到二丫男人家去,还径直往人家屋里钻,想帮着做饭呢。

二丫男人慌了,他毕竟是个有脸面的人,更担心自己名声呢。二丫男人往外支她,想让她走。哪知,仙儿脸皮厚,赖着不走。一两次如此,二丫男人或许受得了,连续多少次仙儿总这样,二丫男人怕了,决定离开一段时间。他给省城工作的儿子打电话,说,想到城里住了。

隔了两天,儿子开车来接了。

走的那天,仙儿竟进到他们家里来。她说,家里没人了,房子总需要人看,我来吧。这房子没人住不好,会有耗子钻,东西会发霉……

二丫男人疑惑地看着她,说,这算怎么回事儿呢？人家会怎么说呢？

仙儿说,都老头儿老太婆了,管人家说什么呢！——等你回来,我马上搬走,行不？

二丫儿子对仙儿倒蛮热情的,说,好啊。

等二丫男人和儿子走了,仙儿真从儿子家里搬出来,睡到二丫男人床上了。

仙儿知足了。晚上,仙儿窝被窝还念叨呢,二丫啊,你瞅瞅,我跟你男人同床啦,嘿嘿。

笑的瞬间,仙儿抬头,见墙上一镜框里有二丫的照片,便凑上前去看。哪知,那相片里的眼睛严厉地瞪她呢,那么一眨不眨、目不转睛地瞪着她。不由得,她发毛了。恍惚中,她仿佛听到二丫

恨恨地对她说,我的床,我的……

仙儿呆愣愣地竖起耳朵,幻觉来了,二丫张开口,伸出手冲她扑下来了。

啊,她吓得惊叫,从屋里窜出。

她对人们说,有鬼,真有鬼,我见到鬼了!

鬼?什么样的?

什么样?仙儿黑着眼圈,描绘说,死二丫那样啊……

后来,仙儿的疯病闹开了,很严重,中了魔怔般。

仙儿的儿子从山上请来了个道士。道士故弄玄虚,说,这魔不好清啊,在她心里住着,时间太久了!

打 玉 米

年过,天暖起来了。整个冬天没有落下一场像样的雪,气候干燥得很。不正是打玉米的好时候嘛!连着几天,总听得见周边房上嘎啦嘎啦响,顺子知道很多人家都在打玉米呢。开始,顺子还不着急,春长着呢,什么时候打不行,干嘛一定随大流呢!可天气预报说,几天后会有一个长期的降水过程,顺子才坐不住了。要是连着下几天雨,那压在房上的玉米又不好盖,不发霉才怪呢。顺子便去找同村的二宝。

二宝有打玉米的机子,每年这时候二宝都转着圈子给乡邻们打玉米。顺子去的时候,二宝刚吃过早饭,正在自家院子里鼓捣机子呢。顺子说,二宝,今儿有工夫吗?二宝知道什么意思,也不抬头,稍停了手中的活儿,犹豫片刻,说,今个不行,排着队呢,明天吧。顺子当即有点不高兴,也无奈,只好说,明天吧。

到了第二天中午,顺子去找二宝。二宝已经出去了,二宝妻子说,他给村主任家打呢,你去那儿找他吧。顺子就又来到了村主任家,果见二宝正在村主任家房上忙活着。顺子站在一边,只是看着,也不说话。二宝看到顺子也顾不上说话。顺子站了会儿,估摸着村主任家的打下来就迟了,挪到自己那儿天会更黑了,只好闷闷地回家去。

到了晚上,顺子再去找二宝,凑巧在街上碰上了。二宝说,我刚答应水子了,水子后天要出去打工了,挺着急的!二宝又说,水子刚把机子拉走了,你再等一天吧,后天我准给你先打,行不行?

顺子听了,火气便来啦,说,你看,你这人,不是说好了吗?怎么这样啊?行了行了,我不打啦!一边说,一边愤愤地扭转了身子。

顺子到了家里,气愤难平,对妻子嚷嚷着,找谁不行呢,莫非我非找他二宝?好像全世界只有求他二宝才能打玉米似的,哼,这次,就算二宝求我也不让他打了!

妻子见顺子这个样子,说,是你求他还是他求你呀,你要搞清楚啊!

我求他,可我给他钱呐!他不给我打,他甭想挣我的钱呐!顺子说。

去,莫非人家稀罕你这俩钱啊?顺子的妻子揶揄着。

顺子越想越有气,隔天一大早便骑上自行车奔了邻村。正赶上邻村打玉米的胖儿在家里闲着。顺子一说来意,胖儿说,先说好啊,因为要出村,你得给我加钱!

顺子呆了呆,说,才几步路啊,还加钱?就当是给我帮个忙好不好?

胖儿说,几步路也得开车啊,开着车总费油吧,这会儿油这么贵,不加钱怎么行?

顺子见胖儿不答应,狠了狠心,说,那加钱吧,这会儿去,我先在家里等着你。

顺子回到家,不承想,二宝早在他家院子里安好了机子,正准备好要打呢。

停,停!顺子梗着脖子,冲着二宝喊。

咋?二宝满带着歉意,说,顺子,机子安好了呢,咋又不打了?

我已经找别人了,顺子气呼呼地说,现在你白给我打我也不打了!人家马上要到了呢!

顺子的妻子赶紧过来了,喊着,顺子,顺子,你疯了?谁没个大事儿小情儿的,你得理解二宝啊,二宝看你着急,把别家先推了呢,这不机子安好啦,再说……

再说什么?什么也别说了,拆吧!

二宝见顺子这模样,也拉下了脸,不作声地卸下机子,装上车,走了。

顺子见二宝走了,感觉出了一口恶气,自个儿搬出小圆凳子对着正升起的太阳坐下,一边抽烟,一边单等着邻村胖儿来。

可左等不来,右等不来,一直等到中午了,胖儿还是没有来。怎么啦?顺子正纳闷,胖儿让孩子捎信儿来了,说家里出了要紧事儿,得过几天才有工夫呢。还说,你要是着急,先找别人啊。

顺子的脸一下子阴了。

这时候,顺子的妻子过来了,恨恨地说,该,活该!刚才人家二宝还说白给你打呢,你竟赶走了人家,得,看你现在咋办?

什么?二宝真说白打了?二宝真说给我赔罪了?顺子瞪大

了眼。

是啊是啊,不是耽误你了嘛,二宝说,算给你赔罪,帮忙好了!谁知你这样啊!

你干吗不早说呢?顺子冲着妻子闹起了脾气。

你还怪我?刚才我本来要说的,可你说,再说什么……顺子媳妇模仿着顺子刚才的口吻说。

偿　　还

这一天,我的玻璃店来了一位老大爷。他来了就说是来还账的。当时我愣了,心里嘀咕着:在这债主成了大爷的年头,主动还账的人已经很少了哟。可这人我怎么一点印象也没有呢!

我问:你还什么账?我怎么记不起来呢?

哦,我是替人还账的,就是南园村那个老太太,我是她邻居,去年冬天不是你给她安装玻璃吗?老大爷说。

我想起来了。我说,是有这么一回事儿。

去年的情景便浮现在我脑海中了:

那时已过立冬,天出奇的冷,外面凛冽的北风刮得厉害。天气预报说,要有一场暴风雪来临。人们早已经烧起了暖气。在那种环境下,若没有特殊事儿,谁还愿意出门呢。

这个早晨,我刚打开店门,那位老太太来了。她是蹬着一辆脚蹬小三轮来的。看她年龄应该七十多岁了吧,花白的头发,佝偻的身子,走路很吃力。她哆嗦着身子离了车子,跺跺脚,搓搓手,又用手捂住耳朵,才说,真冷啊,都没知觉了!

我赶紧请她先到里屋暖和暖和。她却执意推辞着,说,不了,不了,不麻烦了!

我问她有什么事儿,干吗这么大年纪还在这么冷的天出来?

哎,哎!老太太叹着气,我这老人家,是求你来的。她声音很低,应该是在试探着我的反应。

求?老人家你说吧,求我干什么?

她苦笑了笑,很有些不好意思地说:我也不怕你笑话哟,这么冷了,我屋子还没有安装玻璃。我昨天晚上差点被冻死!我这老婆子没人管哟!说这话当儿,我仿佛看到老人使劲眨巴了几下眼,我明白她是在尽力不让眼泪流出来。

怎么会这样?你的孩子们呢?

哎,哎,甭提他们,都指望不上了!大儿子办着一家工厂,忙!二儿子在城里经商,媳妇管得厉害!三儿子考上了大学,和老丈人一家住一起,远!恐怕都把我这老婆子忘了哟!——甭提他们,老人停顿了下,继续说,让你笑话了,我还是得求你哟,把我的玻璃给安上,行不行啊?

当然,我回答说,没问题的。

老太太接着说,可事先得说好,我现在可没有钱,得欠着,等我什么时候有了再还,行不行?就两间小房子,也用不了多少玻璃吧?老人说话时,观察着我的表情。

当然,我点着头,再回答,没问题的。

老人当即显出很高兴的样子,说,太谢谢你了!我总算遇到好人了!你放心,我谁的账也会还,迟早一定会还的,你放心哟!

我笑起来,说,老人家,你放心吧,一会儿我找人去给你量玻璃尺寸,就是停下别的活儿不做,今儿也要把玻璃给你安装上!

老人走了，走的时候，还一再念叨：你放心，我一定会还你的……

后来，听去给老太太安装玻璃的工人说，那老太太当时用一块旧布蒙着那窗户，冷风能径直吹进去，里面也没有生炉子……

听到这些情况，我对妻子说，这八十块钱的玻璃，我们只当扶贫了，不记账了！

老大爷看着我说，这老太太，临死，还记着欠你这玻璃账的事儿，还特别叮嘱我要替她还，她说就是不让儿子们给她买棺材，也要还！老太太是前几天死去的。她咽气时，她的儿子们都不在她身边，幸好正赶上我们几个邻居见到了……

那这钱从哪儿来的？

这钱是从发送老太太的礼金里出的——别看老太太活着时那个样子，可死了却风光着呢！她的儿子们说，要加倍偿还他们的母亲……

怎么？我迷惑了。

老大爷继续说，丧事期间，三个儿子都来了，都哭得死去活来，每人给账房拿出五千块钱呢！又收了两万块钱的礼金。请了两个吹打班子，买了五千块钱的棺椁，摆了三天的酒席，动用了十几辆车呢！你想想那场面……

我眼前却清晰地浮现出那个从寒风中走来的老太太形象，还有那近乎乞求的话语：你放心，我会还你的……

退 亲

正吃晚饭时,手机唱起歌来了。二柄见是儿子的号码,赶紧撂下饭碗去接。可等听完内容,神情变了。

电话里二柄儿子说,爸,我跟小凤结婚的事儿甭准备啦,退了吧。我又处了个……

你说啥？愣怔片刻,二柄骂起来,你个兔崽子,早干吗去了？再有两个月就办喜事啦,两万多彩礼也送过去啦,这几天也给亲戚们撒过帖子啦……

丢下电话,二柄再吃不下饭,只朝老伴儿撒气,说,我,我被你生的这兔崽子气疯啦！瞧瞧,搞的叫啥事儿？这亲,你去退！

我？我能张开嘴？我……我也受不了小凤妈的数落啊。她那嘴,跟刀子似的,还不扎死我？还得你去退！二柄媳妇也一副为难样。

咱短理呀！这叫人家小凤咋办啊？二柄嘟囔着。

全怪你！去年一定亲,就该趁热打铁把喜事办喽！真那样,能出这事儿？说不准这会儿咱连孙子也抱上啦？你非再等一年,得,这下好啦！

更怪你！当时你若同意让他俩在一块儿打工,不可以互相照应着,互相监督着？偏偏你封建,说没结婚,在一块儿不好！结果呢,兔崽子又勾搭了个……人家小凤都喊过我"爹"啦,我跟小凤爹见面早"亲家亲家"地叫着啦……唉,这样啦,我看那彩礼啊,就算人家肯退给咱,咱也不能要。想想人家小凤吧,只当陪人家精神损失!

俩人在屋子里为难着、唠叨着、抱怨着,猛听得自家院子里的狗在汪汪汪……

出去看,原来,小凤爹来了。

啊,是亲……二柄妻子的"家"字刚要出口,已感觉不妥,忙紧着改口说,哟,是小凤爸来啦!

二柄和妻子一边往屋里领,一边嘀咕着,儿子才打过电话,他咋知道啦?是不是来问罪呢?

小凤爹不说话,一脸沉重地入屋来。

这么晚了,有啥急事?二柄递着烟,观察着。

还,还不是为孩子们的事儿。小凤爹支支吾吾起来。

一时间,气氛挺尴尬。

怎么说啊,哎,我也不知道咋开口!小凤爹说。

你说,有啥条件,你尽管说!二柄赔着笑,鼓励着。

我,我,那我直说啦!小凤爹的脸憋得通红,说,是,俺家小凤,又不愿意了,想退亲,让我把彩礼钱送回来!

这……二柄夫妻俩呆住了。

哎,一个电话打过来,让我务必马上把彩礼钱退回来——哎,丫头变心,俺也做不了主不是?要不,这钱,你们先拿着,等她回来,俺再劝劝?

这……二柄有点蒙。

见二柄不表态,小凤爹更摸不着头脑了,满嘴说着抱歉的话。

没啥,年轻人心眼活泛!还是二柄媳妇反应快,接过话茬,说,不叫啥,那个谁家不那样了,还说散便散吗?没关系,小凤爹!婚事吹了,咱关系该怎样还怎样嘛,是不是?二柄媳妇向二柄眨巴着眼说着。

嗯,都通情达理。以后咱在这事上千万别再草率啦,不是儿戏呢！二柄这才搭话表态了。

俺还担心……小凤爹说着,那就好,那就好,这彩礼钱,你们数数！

等送走小凤爹,二柄两口子笑了。

嘿嘿,嘿嘿嘿……一定是小凤先辜负咱儿子,咱儿子才……二柄媳妇猜测着,说。

这年头,没准儿啊！二柄说。

新年将至时,二柄儿子领个上海姑娘回来了。小凤打工也回来了。

又隔些日子,二柄听人说,小凤让他爹打得够呛,原因是小凤撒了谎,她根本没什么新男朋友。传递信息的人惟妙惟肖地描绘着当时的场景:

小凤爹气得直哆嗦,问小凤,你没男朋友干吗要我退婚呢？那兔崽子对不起你,你干吗让我没脸求人家呢？还主动退钱,你傻呀？

小凤表现得挺倔强呢,说,正因为我担心你图人家彩礼钱,才骗你啊！

丢 了 一 点

二叔从村主任家正屋走出，是下午三点多钟。这时候，村主任家嫁女的大事儿已近尾声。院子里，有人拆棚，很乱。二叔站立在台阶上瞧着。瞧着瞧着，他竟突地喊起来了，等等，等等！

棚是前天搭的，棚上面的字是昨天写的，回门是今天上午完成的。事实上，村主任家从搭棚那天起就热闹了：锅灶们摆了一排，吹风机呜呜地响，煮鸡的煮鸡，炖肉的炖肉，炸鱼的炸鱼……十几个厨子忙忙活活。而给这氛围渲染色彩的，当属二叔的毛笔字了！大门口，客厅里，席棚上……那些个红喜字、对联、祝福语，不都出自二叔之手吗？

写字那会儿，二叔兴奋，不，简直可以说亢奋。他神情里洋溢着成就感，连眉毛仿佛也在笑呢！

二叔一笔一笔地认真写着字。

我瞅着，评论说，二叔啊，你这字，圆润大气、洒脱自然，哪一个字的笔画结构安排得都恰到好处，瞅着它们，个个像美女般，不管体态气质，还是抬胳膊迈腿，处处和谐美妙至极！——好，我相信谁见了谁说好！

你真会夸人！二叔笑过，又摇头感叹，别那么说！除了你这样的文化人，别人谁又欣赏这个呢！

没人欣赏？我不信！我说。

你甭不信，这么着，宴会上你观察观察，看有人欣赏不。要真

有人欣赏,哪怕谈论,哪怕多望几眼,那,我也请你喝酒!

哈,行!我说。

于是,宴会中,我真关注了。因为我相信,百十个席面的来客啊,怎会没欣赏二叔字的呢?

可事实是,从头至尾,我还真没听到哪个客人说过一句品评字的话,也没见到谁停下夹菜的筷子多看几眼那些字的。

唉,难怪二叔慨叹呢!

现在,站在村主任家台阶上的二叔,瞧着忙忙碌碌的拆棚人,竟莫名其妙地喊起来了,等等,等等!

等等?干什么?拆棚的人望向他,我们也望向他。我们纳闷:棚被拆得乱七八糟,东一杠子西一杠子,不抓紧拾掇,还等什么呢?

拆棚人只停顿片刻,又忙乎开了。他们感到二叔在开玩笑,因为这时候,根本没什么可等的。

嗨,你们没听见吗?我让你们等等!二叔的眉毛立起来了,生气地瞪着拆棚的师傅。

棚是外村的,搭棚是人家搭,拆棚自然人家拆。可二叔是村里人,拆棚人不清楚二叔跟主家是啥关系,再说棚钱和工钱也没给,见这样子,只好识趣儿地暂停了。

二叔在众人不解的注视中,走进村主任家东厢房了。

谁也不清楚二叔想干什么。

终于,二叔出来了。他手里端着个碗,碗里盛着黑墨水,另一只手捏着半根香烟,小心翼翼地向一个还没落架的棚走去。

这会儿,那儿还用写什么呢?

那棚席上面曾挂过一副对联,对联是"三山五岳争呈彩,一统九州喜到门"。可现在,那棚上只剩下了"一统九"三个字还坚强地招摇,别的字早随着竹席们散落地上了。二叔径直来到那个"统"字下面。

二叔抬头,我们也随着抬头。哦,我们才发现,那个"统"字少了一点。

马上,人们清楚二叔想干啥了。人们放松地笑了。有人说,还以为你要搞啥特别节目呢,原来只为这一点啊。只是这一点,这会儿你再写它,还有价值吗?

二叔也不搭话,用香烟过滤嘴儿头儿,在墨碗里蘸蘸之后,登上凳子,堵上了那一点。堵上了,他还歪头,瞄着,说,丢了一点……

哈哈,村主任在一旁笑,说,你啊,不搞这么一出,谁会注意丢一点呢?

还以为啥事儿呢!这么一弄,当下,拆还是不拆?拆棚人故意问二叔。

二叔面对冷嘲热讽,沉默着,也不离开,一直等那点儿干了,才回转身子,把碗放回去。再出来时,见人们还嘻嘻哈哈地杵着,议论着,他才冲拆棚人做了手势,意思是:还不拆,等什么?

一个拆棚人悄声问我,这人儿,神经吧?

二叔应该听见了,但也不理,只顾低头,躲着院子里稀里哗啦的杆子和卷起来的竹席,落寞地回家了。

刹那,刚被二叔亲密接触过的"统"字,也随着竹席溃败到地上,沾上尘埃……

冬季的麦苗

冬季的这一天，刘金库戴了女儿买的大口罩站在院子里，望着灰蒙蒙被霾笼住了的天。

院墙上，几只麻雀叽叽喳喳地叫着。刘金库想，莫非它们被这鬼天气弄迷糊了，不敢飞高飞远？天还是原先那方天，地还是原先那块地，空中怎变得这样了呢？

猛地，一个念头冒出来：会不会跟大田里的麦苗有关呢？

想到这儿，刘金库差点跳起来。

是啊，以前没雾霾时，家家户户种麦子，田野里几乎没闲地，到冬天别的植物全不见了，也有生机盎然的麦苗在。可现在呢？种种原因吧，人们只种一茬玉米了。秋一过去，玉米被收走，秸秆被踢倒，土地上没绿色了呀！莫非这雾霾跟麦苗们真有关系？

非问个究竟不可！刘金库决定去听听本村王老师的看法。

王老师愣怔了好半天，也思考了好半天，说，可能吧，毕竟麦苗是绿色植物啊，毕竟绿色植物进行光合作用啊，毕竟光合作用化解废物废气啊……

听着自己崇拜的权威人分析，刘金库忧虑了：冬天里没麦苗，敢情不单收不到麦子那么简单了，还会使我们吸不到好空气哩！

刘金库愈发不安了，他想，这么重要的问题，专家们发现了没有？专家们向有关部门建议了没有？有关部门认识到问题的严重性没有？

鬼使神差般,刘金库走出村子,顺着村村通工程新建成的水泥路来到田野中了。

田野里一片荒凉,伏在地上的玉米秸秆横七竖八。从哪会儿这样了呢?刘金库想起自己跟父亲种麦子的情景:父亲把地鼓捣得那个仔细啊,犁杖耕了再用荆盖盖,荆盖盖了还用铁耙搂,以至那个平整啊那个细泛啊那个精致啊,几乎连块小土坷垃也见不到的。那会儿还不时兴播种机呢,更多还是人拉种呢。播种完后还用石磙子碾压。劳动强度多大啊?就算没法儿用牲口耕的小地块儿,哪怕半厘,也要用铁钎一钎钎掘了,播上麦种儿。可以说人们对土地珍爱至极哟!当然,到了冬天,田野里依旧好看,哪儿也是绿啊。冷一点怕什么呢?那充满生机的麦苗不让人感到温暖吗?即使下过雪,哪儿都白了,人们心中还贮满绿呢。那会儿下雾下霜倒也常见,可哪儿见过这让人喘不上气来的雾霾呢?

转眼,三十几年过去啦!

就想起秋后来。秋后他曾鼓动过村子里的人种麦子。他曾对刘二说,种麦子啊,我们都种麦子啊。刘二冲他笑笑,说,不合算!他曾对王三说,种麦子啊,我们都种麦子啊。王三斜他两眼,说,哪有那闲工夫?他还曾对张一说,种麦子啊,我们都种麦子啊。张一鼻子哼了哼,回答说:拨拉算盘你不会,摁摁计算器总行吧?我说,傻子才种麦子呢……最后整个村子,二百来户啊,没一个响应的。只有刘金库自个儿种了这么一小块麦子。

对这一小块麦子,在城里工作的女儿又是啥态度呢?

女儿在电话里责怪:爸,您闲得慌啊?您吃饱了撑的啊?能赚几毛钱啊?咱稀罕那个钱吗?您也甭放不下啦,也别在老家住着啦,来城里吧!舍不得?那地,能转就转,转不了就荒吧。荒了可惜个啥啊?您以为那是北京的金地,一平方米能值多少万?清

醒点吧,种粮食赔啊!我听说,玉米跌到五毛钱啦,一小袋盐还两块哩……

哎,女儿啊,怎么了解老农民对土地的感情呢?

因这块麦子,前天,刘二还打趣呢,说,老哥啊,全村独一份啊,你不晓得孤阳不长么,到时候受粉还是个事哩,哈哈。

狗屁,还独阴不生哩!我相信,有耕耘总有收获的。现在,在这霾雾里,宝贝们长得怎样了?雪还没下,旱了没?被羊们啃了没?得去瞅瞅啊。

很快,刘金库来到了浸润着自己辛劳的地方。哦,与周边的萧瑟不一样,终究这是块有生机的土地啊。空旷中刮来一股冷风,他深吸了一口气,虽隔着口罩,好像也闻到了丝丝清新哩。为这丝丝清新,他欣慰地笑了笑。

刘金库蹲下身子,低了头,亲近着那些泛着绿意的麦苗。他喃喃着,再熬熬,再熬熬,等开春一定会壮实的。他站起来,又绕四边转了圈,巡视了一番,见麦苗们都坚强着,踏实了。

这会儿,霾气不知怎么更重了,一团团,雾般,搞得人晕头转向的,若不是在熟悉的地方,还真分不出东西南北。

刘金库再深情地回望那些麦苗,想,它们会不会也感到孤独寂寞呢?——回去吧,回去给村支书说说,明年人们若还不种,干脆我全包了,好让家乡在冬天里处处是绿色啊!

忘了一句话

父亲从院子里追出来时,辉的车已经开远了。父亲瞅着站在大街上踩着雪的我,急着问,辉走啦?我说,走了。唉!父亲叹口气说,只这么一会儿工夫啊!

辉是我亲兄弟。

我纳闷地盯着父亲,问,辉不是跟你说过话啦?他落下什么东西啦?

父亲再望望辉远去的方向,说,倒没落下什么,只是我忘了一句话……

忘了一句话?我莫名其妙。

父亲笑笑,说,我忘了叮嘱他:路上慢点啊!

我就笑了,揶揄地说,你以为你那句话多管用呢?他不小了,啥都知道,瞎操心什么呢!

父亲听过我数落,没搭话,扭身进大门里了。

盯着父亲老态落寞的背影,我的心头竟猛地一动。我意识到我的话或许伤害到父亲了。

是呀,父亲这句"路上要慢点"的话,我不经常听到吗?每当我要离开家门时,父亲一定会追出来,一定会念叨上这句话啊。就在前几天,父亲听说我要出门,不是还在电话里一而再地叮嘱我——路上千万慢点嘛!

而今天,是父亲生日,偏偏赶上下雪了,路滑。上午,父亲见

到我们来,还埋怨呢:不是告诉你们不必来了吗?这天气,我还过什么生日啊?

我决定去安慰一下父亲。

父亲在屋子里正转来转去,捅捅这个摸摸那个呢。看着电视的母亲见我走进,抱怨说,你爸爸犯魔怔啦,一个劲儿磨叽:辉知道开车慢点吗?你说他知道吗……母亲模仿着父亲,说,谁不嫌麻烦呢!

父亲像个孩子,抓着脑袋,咧着嘴听我和母亲对话。母亲吩咐说,这样吧,一会儿,你给辉打个电话,问他平安到家没?也好让他……母亲瞧父亲一眼,继续说,安心啊。要不,他会吃不下饭,睡不了觉的!

我便劝父亲,你是闹过大病的人啦,还没康复呢,省点心吧!能管好你自己,即是对我们最大支持啊……

很快过了一个多小时。父亲望向了我,还抬手比画着。

我当然明白他的意思,只好笑着,用手机拨通了辉的电话。

电话里,辉说,回程路上真出了点意外,但也没大碍,车碰撞到一棵树上,把倒车镜碰坏了一个……

咋啦?我的神情即刻被父亲捕捉到了,他慌着凑上来,把紧张写到脸上去,问,出啥事儿啦?

我赶紧说,没事儿,真没事儿,辉只把倒车镜碰坏了一个。

唉,唉,父亲竟深深地自责开了,他说,都怪我,都怪我,我为什么不早说那句话呢……

真是的,跟你有什么关系啊?你以为你那句话那么重要啊?我劝导着父亲。一直等父亲安定下来,我才决定回县城。可在我打开车门瞬间,父亲又追出来了,他冲我喊着,慢点,开车千万慢点啊……

下　雨

一下班,刘乡长给家中的妻子打电话,今天晚上值班,不回家啦。刘乡长的妻子就提醒,值班也得想着儿子啊,要是下雨你千万别忘了去接他!

刘乡长很爱他的儿子。刘乡长儿子在县中学读高一。县中学在城东,可刘乡长家在城西。因为学校里实行封闭式管理,即使像刘乡长儿子这样的走读生,也必须等到晚上下夜自习以后才能回家。平常情况,都是刘乡长儿子一个人骑着自行车早出晚归的,除非遇上下雨,刘乡长才会开着车接送他。

刘乡长隔着办公室窗子向外面瞅了瞅,就骂妻子,说,天晴朗朗的,下什么雨啊?瞎操心!

说是值班,其实只不过担心县里的要紧电话。等同事们走干净,偌大的院子除了大门口的门卫室总有人守着,便只剩下刘乡长和秘书小张了。

刘乡长和小张刚吃过晚饭,刘乡长的手机就响了。刘乡长一看,赶紧闪到一边去,只哼哈了两句,就挂了。之后,刘乡长冲着小张吩咐,有变故了,我得走。晚上我若回不来,这儿可交给你了,没问题吧?

小张笑笑,说,你值班时有事儿又不止一次啦,我早习惯啦。

可没办法,这事儿别人替代不了的!刘乡长说。

刘乡长开着车出来了,但没有回家,而是匆匆向着秀秀那儿

赶。因为刚才的电话是秀秀打来的。秀秀是刘乡长新结交的情人。刘乡长一听到秀秀的甜音软语，禁不住诱惑，决定把值班的事儿放下了。

秀秀的男人在南方做生意。秀秀自个儿在国道边的一个路口开个小超市。因为小超市经常会有一些人来骚扰，自然需要有些头脸的人帮着来摆平。于是刘乡长便有机会了。秀秀有一个女儿，可随着她母亲在老家上小学呢。这样，来秀秀这儿，刘乡长感觉挺方便的。

秀秀的小超市很近，车颠簸不了几下便到了。秀秀和刘乡长一见面，很快缠绵在一起。累了，两个人才一门心思开始说话。

秀秀问刘乡长，说，在你心里，谁排第一位？

刘乡长听了，坏笑着，说，那还用说，现在，当然是你啊。

秀秀用拳头捶打刘乡长说，我说的不只是现在，而是任何时候……

哈哈，任何时候，我也想着你呢，自然你排第一位啊。

秀秀的脸上暴露着怀疑，说，真的还是假的？

真的呗，骗你是那个王八——你在南方的男人，哈哈。

秀秀就用手使劲儿拧刘乡长的肉，说，你这个不正经的，我让你说！

哎哟，疼，刘乡长赶紧告饶。

过了一会儿，秀秀又问刘乡长，说，我排第一，比你妻子儿子还靠前？

当然！骗你是那个王八啊，要不你一打电话，我会立马把什么全放下，颠颠地来啦？

静了一会儿，刘乡长回问着秀秀，说，我呢，我在你心里排第几位呢？

你？你排不上名次的！秀秀笑着,说。

啊？刘乡长当即生气了,做出要走的样子,说,你究竟有多少相好呢？

是我逗你玩成不成？你是我的心,你是我的肝啊。秀秀拉住刘乡长,安抚着刘乡长,说,你也是我的第一位啊。

哈。刘乡长才舒畅了。

偏偏这时,外面响起了"轰隆隆"的雷声。

你看看,这不,你说假话,老天爷要劈你啦……秀秀说。

啊,啊？刘乡长腾地跳起来,说,不好,要下雨了！

是下雨,下雨怎么啦？秀秀惊奇地拽住刘乡长。

刘乡长看了看表,时间才晚上九点多一点。也就是说,这会儿,儿子还没有放学,更没有到家呢。天原来晴着的,自然儿子一定没有带雨具。那么,不去接儿子,儿子会淋雨呢。想到这儿,刘乡长跳下床,说,不行,我必须去接儿子……

我不让你走！还没窝热乎呢,你就走？秀秀说,我不让你走！你刚才还说我第一位呢！

可是,刘乡长说,我绝不能不接儿子啊！说着话,刘乡长早穿好了衣服,站到了门口。

一个小时后,刘乡长把儿子送到家。那时候,雨也小多了。刘乡长决定回单位。在路上,他悄悄地给秀秀打电话说,秀秀,别生气,明天我俩再相会啊！你知道,在我心里,你总排第一位的！

什么？还第一位？你真逗！你嘴里的第一位,连一场雨都禁不住呢……秀秀说。

石　佛

村子里的石佛被偷了！

最早石佛是被供奉在庙里的。可后来庙毁了，就有人把它请到了小学的操场上。再后来学校搬迁，有人说把它埋在地下算了，虽然是汉白玉的，雕得也精致，但终究是块没什么用的石头嘛！也有人说这东西老早就有，是老祖宗留下来的，埋了未免可惜，说什么也得保留啊！最后，人们还是采纳了老人们的意见，石佛随着学校的搬迁而搬迁。可它并没有被安置在新校园里（校长说，安置新的校园里是不妥当的，不论从哪一个角度讲），而是在距离校园门口外十几米的厕所附近，得了块容身之地。这样，在以后的岁月里，除了几个上年纪的老人偶尔光顾它面前祈求些什么，一些淘气的孩子把它当马骑骑外，就再也没有什么人注意它了。慢慢地，老人来得也愈来愈稀，孩子玩它也愈来愈烦，这石佛竟然被冷落在角落里，要被人们遗忘了。

然而，一个有雾的早晨，蓦地有人发现这石佛没了。

石佛被偷了！石佛被偷了！村子里的人们传着，议论着。

一块石头，能值几个钱？还有人偷？稀罕！

怎么放这么久都不曾丢过，忽然就丢了呢……再说，那么重，至少有几吨，人家怎么弄走的？

丢就丢吧，不过屁大的事，值得犯神经！

我说的，白洋淀那边又盖庙哩，说不定……

二冬说在丢的前天,他看见村主任在石佛附近转悠过呢……

村主任?莫非一块石头他也看在眼里了?简直越来越不像话!

道上碰到村主任,便就有人如开玩笑般问,那石佛,是你们当干部的卖了吧?

村主任当下气愤地说,老祖宗留下来的东西,谁他妈敢卖!要是真查出谁来,非让他蹲大狱不可!

总不能丢就丢了吧?

当然,我们正研究哩,一会儿就报案。我跟公安局杜局长关系不错,他们一定会重视的!

一直等到太阳偏西时,公安局还真派来了两名刑警。骑着摩托车,鸣着笛,挺威风地来的。现场围了一圈又一圈的人。人们都挺兴奋地看。两名刑警拍了几张相片,调查了几个人,问了些情况,走了。由于没有什么结论,人们很失望,散开了,还狐疑着,猜测着。

事情似乎就这么过去了。开始,人们遇见村主任还问问,丢的石佛,有眉目不?村主任会说,杜局长说,正查着呢。哎,你想想看,那么多大案要案,哪儿有工夫顾上咱这么一块石头啊?人们想想,也是。

渐渐地,时间久了,人们便疲倦了,也超然了。丢就丢吧,不是有没有这石佛人们一样生活嘛!

石佛死了,虽然它从来就没有活过。

然而,偏偏这石佛又好像与人们缘分未了。事隔一年之后,又在人们早已平平静静的生活中掀起了波澜。

一个晴天,适逢村主任的儿子办喜事,街上人很多。在村主任忙里忙外、迎来送往的当儿,一辆绿色警车停在了村主任家的门口,车里走出了两名全副武装的民警。

人们注意到村主任在略微愣了一下后,满脸堆着笑迎了上去,来了,怎么杜局长没来?

你就是村主任吧?民警问。

对,对!是杜局长让你们来的吧,哈哈,今个儿有一百几十席,请吧,先入座再说?

局长让我们请你走一趟。民警说着,白光一闪,一副鲜亮的手铐早套在了村主任手上。这是干什么?这是干什么?村主任嚷嚷着,但还是被推搡着进了警车。

村主任坐在车里,透过玻璃说:乡亲们,没事儿,我跟杜局长是老关系,这是他们跟我闹着玩儿的,你们放心好了,我马上会回来。

村里人一时间被搞得晕头转向。村主任怎么了?村主任也有被抓的时候吗?

第二天,便有确切消息传过来说,村主任跟石佛有关。是村主任悄悄收了一个叫玉峰的人的钱后,叫玉峰把石佛偷偷运走的。

村主任得了多少钱啊?

五千整。

活该!人们说,大伙的东西,就算一块石头吧,他凭什么卖出去?

第三天,又有更多的消息传过来,说这石佛原来是在广州海关被公安人员截获的,当时已被倒了五次手,身价已高达三百万美金。它差一点就被运到国外啊……

什么,三百万美金?人们惊叹起来。

是的,专家们鉴定说,它是隋朝的文物呢!

现在,石佛又被拉了回来。不过,没有回到村子里。上边领导说,这么重要的文物,为安全起见,还是作为重点保护对象安存在公安机关吧。

据说,县里准备要为石佛再造庙宇,正筹措资金呢!

老　享

因为怕苦,老享二十岁那年当了逃兵。他是在队伍即将开过鸭绿江时,寻找机会溜回来的。乡亲们都知道这件事。老享曾把它当作特别经历讲给人们听。据说他们那个连后来统共没剩下几个人。所以老享常常感慨说:幸亏啊,要不非把命丢在那边不可!

当逃兵终究不算光彩的事儿,老享是趁着雪夜贼一样走回村里的。进村一拐弯凑巧碰上了当村主任的叔叔。当时,他叔叔一见老享,便愣了,但很快明白了。当村主任的叔叔把老享匆匆拉回家,关上了门,二话没说给了老享两个脆生生的耳光子,然后,他把老享藏进了地窖里。

一个多月,老享闷在里面,不见天日。也就在老享想出来的那天,上边派来寻找老享的两个荷枪实弹的军人在村干部的引领下进了老享家。幸亏老享叔叔掩护,他们没发现老享。

再过了些日子,风平浪静了,老享又成了村中的一员。纯朴的乡亲们没有歧视他,照样分给他粮,给他饭吃。

时间一年年过去,一晃三十几年。三十几年光阴里,湮没了很多故事。三十几年光阴也使老享尽显老态。唯一没有变化的,老享依然是孤身一人,仍守着父母留下来的破落小院子。

这个时候,老享当了羊倌,手下多了几只羊。老享整天和羊泡在一起,即使和他一块放羊的孩子也"老享,老享"地叫,如唤哥们一般。老享觉得很自然,自己活得也算凑合吧,平平淡淡,无忧无虑,有吃有喝……

在一个极其宁静的夜晚,老享跟平常一样坐在邻居家里看电视。忽然,一个既遥远又熟悉的名字和一张既遥远又熟悉的面孔吸引住了他。最终,想来想去,他到底还是想起来了:这人不是过去很要好的战友吗?他还活着,还当副省长了!似乎有一种令他极兴奋的东西影响着他,又似乎有一种隐隐的不快刺激着他,我那会儿若不回来,会怎样呢?也会混得好吗?

老享感慨着把这说给叔叔的后代们听。叔叔的后代中有人便劝他给那位当了副省长的战友写封信问问,也许能沾点光哩!

老享犹豫着,真就托村子里的老师写了封探问性质的信,向着省政府所在地邮了出去。在信里,他还说了自己一丁点情况,不过逃兵一节他隐匿了下来,只字未提。

信投出去,便没了音讯。开始,老享还想着,还偶尔念叨起。可慢慢地,他也懒得提了。

这天,老享在村边放羊的当儿,一辆挺豪华的小轿车停在了他面前。车上,一个年轻司机走过来,竟打听着老享的名字。老享瞧着,使劲眨着眼,弄不清怎么回事儿地答应着,说,我是,我是啊!

司机听了,跑着从车中搀扶出一个人来。这人正是老享那位过去很要好的战友,现在的副省长啊!老享认出来了!

副省长见了老享很激动,很动情。说是路过这里顺便瞧瞧老战友。副省长跟着老享走进了家,见了老享的境况后别有一番感受。副省长在老享家里仅仅待了十分钟,就走了。走时,给老享留下了两千块钱,还有一些东西。

副省长到来的情况,老享逢人就讲,非常荣耀地讲。副省长到来的情况,也给老享的生活带来了新变化:市里领导来看望老享了;县里领导来看望老享了;乡里书记乡长也来看望老享了……一下子,老享成了隐藏几十年的英雄,也享受了复员军人待遇,还支领了政府为他补发的数目不小的抚恤金。

老享一向佝偻的背奇迹般直起来很多。

乡亲们也羡慕老享啊,说:嘿,这老享啊,真沾战友光啦!

县中学也听说村里隐藏着英雄的事儿,便来邀请老享去做关于抗美援朝的报告。老享实在推不掉,就稀里糊涂地去了。

可是,当他站在主席台上,他蒙了,傻了,他望着台下近千双眼睛和一张张童稚真诚的脸孔,脑子里一片空白,一阵头晕……

现在,老享患了种奇怪的病,如中了魔怔般,整日整夜睡不着,口里总喃喃着听不清的话,四下里游走……

碾　　压

割麦机子来到地头,却遇了难。临沟窄,机子两个轱辘宽,要到秋子地里去,必须碾压人家一垄十来米的春玉米。那春玉米苗刚刚半腿高,绿油油,黑乎乎,压了谁不疼惜呢?

压不压?夏宝把车停住,柴油机腾腾地响得厉害,很明显,夏宝等秋子拿主意。

秋子蒙了,向周围扫一圈,也找不出别的路可走。可北边的云彩已带了黑气,越来越厚。秋子就有些急。春玉米是冬生家的,秋子想,压了后,我再给他种上或者栽上?大不了赔他!

压!秋子向夏宝打着手势。

亏着夏宝开车技术高,但还是碾了十几棵玉米苗。

等麦子收到家,雨点子刚好噼里啪啦落下来。这时,用塑料布一蒙,麦子不用担心了。可秋子还是不安生,感觉有事悬挂着,不踏实。

雨刚停,夏宝媳妇果然找过来了。夏宝媳妇说,冬生家不干,冬生媳妇在我家闹呢……

哦,秋子应了声,紧着去夏宝家。还没进院,早听到冬生媳妇大嗓门了。冬生媳妇嚷嚷着:都是庄稼主儿,你给人家割麦子你挣钱,凭啥压我们棒子苗啊……

秋子尽力赔着笑,凑过去,说,我还没顾上给你说呢,实在不好意思,实在没别的办法,夏宝给我家割麦子,你应该找我啊。

不,谁压我家棒子苗我找谁!冬生媳妇说。

怎么也成了事实,咱省了磨牙,你说,咋赔吧?秋子当然明白人家的用意,说。

好,我的棒子是日本甜玉米,一个十块,我早数了,一共二十一棵,咱们照顾点,给两百块钱没事儿!冬生媳妇一副没商量的架势。

行!我去拿!

秋子送钱完了回家,路上忽然得到消息,自家有块玉米也被割麦车子碾了。

秋子便去看。真的!那地里,春玉米被压得厉害,有几十棵根本没了生还的可能。从凌乱的现场看,车子似乎还嚣张,不管不顾压了一大片。他妈的,谁压的?秋子禁不住骂起来。秋子想,谁的谁心疼啊,自己不也一样。不行,人家找我赔了,我也不能含糊啊!

终于打探清楚了,是村主任家收麦子时弄的。

村主任?村主任怎么啊?不找不更显得窝囊啊!人家碾压了你的庄稼,你若连屁也不敢放,算什么啊?找!秋子嘀咕了一整夜,决定还是讨说法。

第二天早晨,秋子不情愿地走进村主任家。村主任正在院子里擦车呢。秋子站在村主任面前,憋憋气,才说,我有块地的玉米被人压了!

村主任说,是嘛,谁干的?

秋子沉默着,观察着村主任的反应。

那,莫非想请派出所帮着查?村主任一边继续擦车,一边说话。

秋子脸涨红了,说,听人说,是你家压的……

村主任不再擦车,望着秋子,说,我家?真有这事?

人家说是,秋子有点底气不足。

啊,你准备怎么办啊?

反倒把秋子问住了。秋子愣愣,说,我收麦子时压了冬生家的玉米,我赔了他家两百块钱……

哦?哈,好,我也给你两百块钱!村主任随手从口袋里掏出两百块钱,扔给秋子。

我,我不是……秋子支吾着。

你不是什么呀,不就两百块钱吗?真是!

我是说,那么厉害,你总得给我说声吧。秋子挺尴尬。

说什么啊？不就两百块钱吗？为两百块钱,至于给你说好话？村主任一脸不耐烦,说,行了吧？行了你就走,我还忙呢!

一下子,搞得手里攥着两百块钱的秋子走也不是,不走也不是。终究,秋子也不清楚自个儿是怎么走出村主任家的。

跟你有关系吗

这个礼拜天,艳阳高照,气候宜人。正好一家人可以自驾车探亲去。目的地是女人的娘家。路不是很远,一百多里地,一个多小时路程。男人开车,女人坐在副驾驶位置上,新婚的女儿女婿拉着手坐在后排。

车离开县城,上了平坦的路。这工夫,在文化局当副局长的女人瞧瞧丈夫,清清嗓子,说,这样吧,趁这机会咱开个批判会。你们呢,可要用心听,一定要领会我讲话的精神啊。当然——女人冲着开车的男人说,你呢,得注意力集中,安全第一嘛!

女人回头笑了下,瞬间严肃起来了,说,我先批判你们的爸爸,你俩别笑,别看他在纪检委上班,可在一些问题上,表现得不是很好,尤其是工作方面。比方说,有时候他好犯傻,好一根筋不开窍,好给人家当枪使,以至于干些得罪人的事。这主要是他还没有理解睁一只眼闭一只眼的重要性,还没有领悟事不关己、高高挂起的奥妙,以至于常常搬起石头砸了自己脚。听着,你们别笑,我希望他在以后的工作中能学猾一点,牢记不求无功但求无过的革命宗旨!试想,人家贪污不贪污,跟你有什么关系呢?

这时候,当刑警的女婿明搭话了,说,可是——

可是?女人的眉毛闪了一下,说,没有可是的。

可是,明的声音虽然小了,还是继续说:倘若谁都持这种态度,那腐败分子不是更嚣张?社会腐败现象不是更严重?

就是,妈,你说得不对。女儿慧也附和着,表示反对。

怎么不对?你们想想,腐败分子嚣张不嚣张,跟你有什么关系呢?社会腐败现象严重不严重,跟你又有什么关系呢?继续听我说,跟咱都没有多大关系的,是不是?但是,听着,不许插嘴!倘若因此你遭到了报复,那就跟咱关系大了呢,是不是?慧,你别不服气,下面我还要说说你的问题。

我,我有什么问题?慧惊讶地捂住了嘴。

咱不说别的,单说前天那个事儿:你骑电动车去菜市场买菜时,见到一个捡垃圾的老大爷跌倒了,就跑上去搀扶。这个事儿,你回来了还当作了好事般说呢。你还埋怨人家竟然不去救助那老大爷。可你怎么不想想呢,周围那么多人,谁没有手?为什么就没人伸出援手?我知道你是当老师的,有些爱心的。然而,你这不是没事儿找事儿又是什么呢?要是人家赖住你了怎么办?找证人打官司吗?就算咱能赢也麻烦吧,也烦恼吧?

可是,慧急着说,那个老大爷太可怜了,要是没人管,真会出大事儿呢。

可是?女人脸一扭,说,没有可是的。你应该想想啊,那个老大爷可怜不可怜跟你有什么关系呢?即使他出了大事跟你又有什么关系呢?

可是,这应该是个良心问题,更是个道德问题啊。我相信我碰上也会这么做的。明声援着慧。

就是,妈说得不对。慧幸福地笑着说,碰上这样的事儿,就该

管的!

你们,你们气死我了!女人恨恨地说。

行了行了,小心了,车要拐弯了。拐过去,就快到啦。男人似乎一点也没有理会女人的唠唠叨叨,提醒说。

车拐过去,是一丁字路口。他们发现外面有一圈人围观着什么。厚厚的一圈人之外,有一辆扭曲变了形的三轮车歪在道沟里,三轮车后面还有一辆面包车顶撞在一起。

出车祸了!男人说,应该是才发生的。

出车祸不出车祸跟咱有什么关系?女人催促,别看了,快走!

不行,明说,看样子,这会儿交警还没有来,救护车还没有来,我该下去管管,毕竟我是警察啊。

你又不是交通警察!再说,就算你是交通警察,这会儿该你值班吗?这一段该你管吗?女人又说,真的,跟咱没关系的!

谁说没关系?这是个责任问题!明,咱下去看看。开车的男人早熄了火,把车停在了一边。

慧说,我怕,我就不下去了。

明下去了,男人随着也下去了。

女人瞧着他俩的背影,气得咬牙,说,你们,你们啊,跟你们有关系吗?

不过片刻,坐在车上的女人忍不住了,对慧说,不行,我得把他俩揪回来,咱可是来看望你姥爷的啊……

女人下了车,匆匆地挤进了人群。很快,她就看到了正打电话招呼救护车的女婿,同时也看到了正查看被撞者伤情的丈夫。她本要去拉他俩的,可眼睛偏偏禁不住朝伤者看了一眼,只一眼。

啊,她当即惊呼起来,爹,爹呀……

合　　适

　　她是他的学生，比他差不多小一轮。她师范毕业，再回到这个学校教学时，他已经结婚，并且有了孩子。因为上学时代，她就崇拜他。成了同事，接触多了，她发现他的优点竟那么多。他的这些优点像一粒粒种子，落进了她内心的土壤，扎根了，也发芽了。她觉得，他的胡子是美的，他的言谈举止也是美的，即使他光着脚穿着拖鞋不雅地在校园里行走，她也能欣赏到一种洒脱的魅力。她常常傻呆呆地悄悄盯着他看。

　　她明白，自己爱上他了。以她的性格，既然爱上了，总要有结果的。她开始寻找理由亲近他。

　　凑巧，这时候，他的妻子出了车祸，死了。当这个事儿发生的时候，她暗喜，她感觉这是上天给她机会呢。

　　开始的亲近还是隐秘的，可慢慢地，便发展到情不自禁，不管不顾了。面对她的大胆和热烈，他开始有些疑惑，因为理智告诉他，怎么可能呢？人家只是个孩子啊！岂料，这个他眼中的孩子，却有着不达目的不罢休的劲头呢。无奈中，他只好躲闪应对。他想，她是优秀的姑娘啊，怎么可以呢？又怎么合适呢？

　　他逃离，她则继续围追堵截。最后，他只好跟她摊牌了。他庄重地对她说，不合适啊，你还是个姑娘，我可是一个有孩子的父亲，年龄差距也这么大。她说，我不嫌。他说，你不嫌也不合适，你还有父母呢，他们会嫌的，他们接受不了的。她说，我的事儿，

我做主,他们管不着。他说,那绝对不行啊!

同事们看出来了,也悄悄地劝她,说,你跟他不合适的。你啊,这么年轻,又有这么好的条件,干吗去给人家当后妈呢?

她父母听说了,更认为一千个不合适,一万个不合适。

然而,父母又怎么能制止得住呢。她绝食,她寻死,直搞得她父母连劝说也不敢了。

婚姻这事儿,终究是一个巴掌拍不响的。她父母瞒着女儿找到他家来。对他先是威胁,继而乞求。他很淡定,因为他对这事儿本来就没有欲望啊。他笑着,答应她父母说,你们相信我,你们尽管放心,怎么会呢?那样,多不合适!

这以后,他对她更冷漠了。他的冷漠也慢慢地浇灭了她燃烧的心。

她终于决定结婚了,要嫁给一个她不喜欢的男人。结婚前的一天,她还做了最后一次努力,她给他打电话,你要是同意,我会马上把婚事退了,跟你走!

他坚决地拒绝了。他说,不合适啊,真不合适!

其实,他说不合适时,心里是极其痛苦的,她的执着早深深地打动了他。然而,他想,自己怎么能那么做呢?能给人家幸福吗?

在他无言的沉默中,她赌气地关掉手机,流泪走了。

再后来,她也有了孩子。然而,他的影子总盘旋在她生活中,抹不掉,挥之不去。尤其她总是以他的标准来衡量她的男人。

没有几年,她离了婚。

这个时候,他已经主动离开了学校,离开的原因有远离她的成分在。

他辗转多年,事业成功了,但一直单身,因为他始终没有碰到合适的人。

他跟她再相见已是十几年以后。那时候,他年过五十,而她呢,也已不惑。那天,下着秋雨。雨有点缠绵,滴滴答答的,不大,可也没完没了。她举着伞走在县城的大街上。凑巧,他开车差点挂到她。就这样,两个人相遇了。

在眼神躲闪、碰撞之后,两个人同时露出惊喜,于是,两个人一起走进了一家小饭店。

来来往往一个月不到,两个人决定挑日子结婚了。结婚那天,以前的同事们大都来了。

见到他俩,都说是好婚姻,都说两个人真有缘分啊,都称赞说,合适,太合适啦!这话不光当着他俩的面说,私下里他们也这样说:瞧瞧,他俩多合适啊,都离过婚,都各有孩子了。尤其,从年龄上讲,都不怎么年轻了,哦,合适啊!

现在,他也感觉合适了。

她的已白了头发的母亲也感慨说,想不到,俩人真走到了一起,原来真合适呢!她母亲又说,要是早这样,会多好!

闭　　眼

参加一个颁奖会后,组办方组织了游山活动。为了一览众山小,欣赏到别样风景,总得登到山顶上去啊!可是,曲曲折折的山路很漫长,一路攀爬上去,得走到什么时候呢?

便坐缆车了。几十人排队集合,两人一组,上!

与我同乘的,是位七十多岁的老者。别看他七十多岁了,已走了几十分钟山路,却仍面不改色心不跳,一直笑容可掬。为此,我们佩服、夸奖。然而,等缆车起步,我意外发现,出状况了。

其实,也不是什么大状况,只是——

他竟闭上了眼睛!

之后,他开始一遍遍问我:马老师,还有多远啊?

我只好一遍遍地回答说:还没一半……三百米……两百米……一百米……六十米……三十米……十来米,两米。他问得频繁,我回答得也频繁。

终于,我说,到了。

老者这才睁开了眼睛,长舒了一口气说,终于到了!

等彻底恢复了原态,他问我,你在缆车上睁眼干吗啊?

我说,看风景啊,拍照啊。

他点上一支烟,夸奖我说,马老师,你真胆大,那会儿,还有心情看风景,还拍照,你没感到风险吗?

我笑着说,没感到风险啊,有什么风险呢?

没风险?你不想想,要是……

我仍笑着说,风险是人想象出来的,常言说最大的恐惧是想象啊!——哈,这么好的看风景的机会,怎么可以错过呢?哪儿又顾得上想象风险呢?

老者应该听出了我话中的嘲讽,继续说,所以我说你胆大。我坐缆车总闭眼睛。坐了多少回缆车,闭了多少回眼睛!

我说,怕什么呢?有什么可怕的?

他说,怕出事儿啊!

出事儿?能出什么事儿?管缆车的,会让它出事儿吗?

还真出过事儿,老者接过话,庄重地说,有回我坐缆车,偏偏到中途,赶上停电了。哎呀,那会儿,飘悠在山中,脚下是望不到底的山谷,足足二十几分钟呢,没把我吓死……

听了他的故事,我说,想想,其实那时候,并不是你怕就可能发生什么或者不发生什么,也不是你不怕就会发生什么或者不发生什么吧?是不是事情该发生了终究会发生,不该发生的时候终究不会发生呢?

嘿嘿,老者也笑了,说,马老师,你说绕口令呢,我听明白啦,你说得有理啊!你的意思是:我们人啊,得学会面对,得勇敢,得把生死看破!

我说,是啊是啊,人更应该从风险中抓机会的!要不睁开眼,怎么能观察到独特的风景呢?

是啊,老先生不再跟我费口舌了,既肯定又幽默地说,你说得对,你的思想政治工作做得很到位,我知道了只有睁开了眼睛,才能抓住机会啊,才能看风景、照相啊!

哈哈。古稀之年的老者,竟被我说开窍啦!我兴奋啊,我自豪啊!

很快,要下山了,又需坐缆车了。我对老者说,走啊,上缆车,这次我俩还坐一辆,您一定不会再闭眼啦!

啊,还坐缆车啊?老者呆愣了会儿,才意识到什么,他有点尴尬地瞅我一眼,再瞧瞧正滑过来的缆车,转身说,嗯,这次,我不会闭眼了!

哈哈,那就上吧!我鼓励说。

老者摆着手,勉强地笑笑,说,我以后也绝不再坐缆车了,我啊,走下去,一步步地走下去,因为,脚踏实地的感觉才好啊!

信 不 过

临近中午的时候,陈有路过王胖家门口,听到里面传出"砰砰"的气枪打钉儿的响声,就决定进去探看探看。走进院子,果见有俩师傅正忙乎着,王胖新翻盖过的房子的一些窗户扇已经装好了。

王胖也在一边盯着。王胖见到陈有,笑着招呼,有哥,你看,我先你一步啦!你让他们捎着安装不?这俩师傅不是外人,活儿不赖,价格上更没说的!

陈有走近了,先瞧瞧玻璃质量,玻璃透明度采光度挺好,反射的景物清晰真实。再瞧瞧俩师傅的手艺,活儿干得严丝合缝。陈有这才点头,问,哪儿的师傅啊?

其中一个师傅说,不远,东村的。

东村的,咋不是外人?陈有瞅着王胖,说。

真不是外人!王胖指着刚搭话的师傅,介绍说,他,我媳妇的亲表哥——信得过吧?

哦!陈有又点点头。

一共多少钱?给我透个底儿。陈有说。

王胖犹豫了下,刚要回答,王胖媳妇的表哥早抢着说话了。他指着胖儿的房子,说,像这样的,全用最好质量的,全包在内一千三。

陈有说,我跟王胖的建筑规格完全一样!

那,你沾沾我表妹夫的光,也随他这个价吧……王胖媳妇的表哥说。

陈有沉默了，没有表态。脑子里闪着刚才王胖犹豫和王胖媳妇的表哥抢答的情景，就对这个平时关系很铁的老伙伴——王胖，有点儿信不过了。他闪在一边瞧了会儿，觉着家里的饭应该熟了，才说，你们忙，我先回家吃饭去。

陈有都快走出王胖的家门了，王胖追出来，问，有哥，你到底安不安呢？

陈有止住脚步，回头，更感觉里面存有什么猫腻似的，说，我回家商量商量再说吧。

等陈有走远了，王胖回来对俩师傅说，他简直跟娘们似的，啥事儿也做不了主！

别硬撺掇人家，王胖媳妇的表哥说，俗话说，上赶着不是买卖啊！

陈有回到家，饭桌早摆上了。吃饭的工夫，自然谈到了安玻璃的事儿。

陈有的妻子说，人家是王胖的亲戚，又不是咱的亲戚，会便宜咱吗？

陈有的大儿子说，就是就是，他王胖相信他，咱能相信他吗？说不准人家想从咱这儿找些平衡呢！

陈有的二儿子说，我的一个同学也安玻璃呢，要不，找我同学吧。

一家人讨论了一番，最后决定不找王胖的亲戚，还是让老二的同学来安装。陈有叮嘱说，二啊，你这会儿就打电话，让你同学来量尺寸，明天来安装。你告诉他看着办，咱相信他！

刚商量好，王胖竟颠颠地又过来问了。陈有迎出去，叹口气说，甭提啦！我才知道，俺家老二跟他同学早说好啦……

嘿,你这人,白瞎了我的热情!王胖有些失落,转身走了。

第二天,陈老二的同学真开着车,来给陈有家安装玻璃了。

等安装好了,该算账了,陈有凑到陈老二的同学身边,说,俺没拿你当外人,相信你!你只管说,统共给你多少钱吧?

陈老二的同学说,伯父啊,只当俺帮忙,绝不挣您的钱的!这样吧,给我一千五百块钱算啦!

一千五算啦?陈有咧咧嘴,想说什么,仍没有说出什么来。毕竟人家伯父叫着呢,面子要给的,有苦楚是要忍着的。他有点不高兴地向妻子喊了声,算啦,给人家算啦!一千五百块钱!

过了两天,在街上陈有和王胖相遇了。王胖问陈有,说,有哥,你安装玻璃花了多少钱?

啊?陈有心说,咋,你要笑话我啊?脑子这么一转念,便说,我的比你便宜啊,人家只要了一千一!

什么?一千一?王胖呆了呆,狐疑着,问,你安装的不是最好的玻璃?

笑话!跟你一个标准的,当然一律最好的!不信,你去看!

这会儿,王胖的神色已然变得难看了,他说,差这么多啊?难怪你不找我亲戚呢!

陈有笑笑,赶紧离开了。

一年以后,陈有迫于二儿子也要结婚的情势,再盖了一处新房。同样,也需要安装玻璃。这回,陈有感到,还是王胖亲戚实在、可靠,值得信任,就想找王胖亲戚来安装。

陈有去找王胖,想通过王胖查到王胖亲戚的联系电话。

谁知,一提起来,王胖的眼睛即刻冒火,他气呼呼地说,我媳妇的表哥?我们早闹僵了,早断绝来往了!

咋?陈有挺纳闷。

还咋？通过安装玻璃，我看透她这表哥啦！就是那天，咱在大街上碰面回来，直气得我够呛。开始，我还以为欠这个亲戚的人情呢，哪知道他信不过！以至于我在电话里狠狠数落了他，关系早僵了……王胖说。

陈有心里说，咋这样呢？

平　　衡

陈楚本来给人家打工，开始尽心尽力。老板感觉陈楚是个老实人，信任他，也一再重用他，给他加薪，给他不断地调换工作，后来，干脆，连进货卖货的渠道都告诉了他，自己成了甩手老板。

这样，陈楚就当经理了。

陈楚的工资也翻了番。

渐渐地，陈楚把挣钱的所有底细都摸清了。他发现，挣钱敢情这么容易呢。一倒手，钱就来啦。同时，他发现，原来老板挣的一桶金只舀取了那么一小勺给自己呢。陈楚就有些不平了。

陈楚想，你凭什么天天在办公室里坐着，就总该拿大头？我天天辛辛苦苦，却总让你操纵支配呢？

这么一想，陈楚就有了一些背叛的举动。收回扣，贪污，私下里盘算着自己的事情……

时间一长，让老板发现了。

发现了就发现了，莫非我离开了你，我还活不了？陈楚毅然利用已有的关系另起炉灶。陈楚有了自己的买卖。

偏偏还赶上顺风,陈楚旗开得胜,马到成功,发了。

发了的陈楚心里顺畅了。除了开销,装到自己口袋里的都是自己的。陈楚信心百倍,干劲十足。

钱多了,陈楚就有了知足的一天。陈楚想,挣多少钱是多呢。挣钱还不是为了享受吗!

陈楚就想办法享受了,旅游、打牌、玩女人……

一注重享受不要紧,生意上自然没有心情投入了,陈楚便找了一个自以为很可靠的人帮着自己去打理。

过了几年,他发现,这个自己认为可靠的人也不是百分之百的可靠,便去查,这一查不要紧,发现问题了:自己的生意早出现了个大窟窿。陈楚就骂,说,你吃我的,喝我的,拿着我的钱,开着我的车,干吗背叛我呢?

陈楚又不平衡了,和自己曾经最信任的人闹僵了。

那个人也很不平衡,那个人说,凭什么你天天玩乐,反而比我挣的还多呢?自然,这个人滚蛋了。滚蛋的时候,还带走了陈楚的客户。

陈楚顾不上享受了,只好重新开辟新生意。结果,赶上行情不好,赔得很惨。

这一赔,有了一把年龄的陈楚走投无路了。没办法,为了生活,他又开始给别人打工了。

我再见到陈楚,是在一家石子场里。那会儿,他正闷在一间黑黢黢的小石头屋子里干啃着方便面。周围轰隆隆粉碎机的声音很嘈杂,乱得使我们的说话声都听不清。

我问他,你这个当过老板的人,能干这样的活儿吗?

他只是苦笑,说,瞎混吧,人啊,知足才行呢。

儿子的尊严

那年的那天,六岁的儿子因为突然没人照看,我只好带着他去学校。谁知中途出了点意外,车胎扎了。因为修车,耽误了时间,到单位已经迟到了。

偏偏校长正守在学校的警卫室门口。一段时间以来,校长不知怎么回事儿,火气特冲,见了谁呵斥谁。开会时批评这个,批评那个,还动不动用调动工作说事儿。说谁不好好干,就不让谁晋级,不让谁评职称,就把谁调走!那些日子弄得老师们人人自危,个个提心吊胆的。我更是怕呀,万一调到小学去,那多丢人!万一调到山区去,那多不方便!

这一次,只见他端着保温杯,坐在一把椅子上,盯着进出的人。我心说,坏了!只有硬着头皮进啊。我熄了火,推着车子,托着儿子,本想从校长的身边溜过去。

校长还是喊住了我。校长阴着脸,说,你怎么这会儿才来?

我上前刚想解释。不料,校长早火了,他大声呵斥,你甭跟我讲理由,也甭编造理由糊弄我!迟到了就是思想觉悟低,就是没把工作放到第一位!全校这么多老师,谁都像你,工作还怎么干?

校长凌人的态度,虽使我心里窝火,可我不敢顶撞。我四下里瞧了瞧,还好,静悄悄的,周围没有学生,也看不到同事。我扫一眼儿子,他正看着我。我感到自己在儿子面前已尊严尽失。

蓦地,儿子说话了。他说,爸爸,走,我们回家!他稚嫩的嗓

音里明显透露着委屈。

儿子一说话,校长自然注意到了他。校长更得理不饶人了,说,咱学校里有规定的,你怎么把孩子带来了?你是工作,还是看孩子呢?

当时,我真想顶撞校长。可理智告诉我,不能啊,在人屋檐下呢!

我再扫了一眼儿子,发现儿子撇着嘴,眼睛里有愤怒。

凑巧,下课铃声响了,学生们涌了出来,校长总算给了点面子,挥挥手说,你先准备上课吧,事儿还没完!

我这才领着儿子进了办公室。一进办公室,我就跟同一办公室的同事说着刚发生的事儿,我恨校长不近人情,没有人性。

聊着聊着,一扭头,儿子不见了。

我很惊慌,我急着从办公室里出来,寻找儿子。远远地发现,儿子已去大门口了。那会儿,校长不知道干什么去了,但椅子还在,椅子上还放着校长刚用过的杯子。杯子里还有热气冒出来。我望到儿子,很奇怪,不知道他想干什么,便匆匆地追过去。

儿子早溜到校长的椅子边,迅速地把一个东西丢到校长的杯子中了。嗨,坏了!我急了。你把什么丢进去啦?我一边问,一边揪住了儿子。

我凑过去观察杯子。杯子里还有一点水,可水里有一个小土坷垃。显然,那个土坷垃是儿子刚扔进去的。

你说气人不气人?我一巴掌打在儿子肩上,吼着,你怎么这么大胆呢?你怎么敢这么做呢?你知不知道这是谁的杯子?

儿子没有哭,他瞅着我,不服气地说,爸,谁让他说你?他凭什么说你?

你,你!气得我指着儿子,说不出话了。我瞪着眼,说,你小

小年纪会报复人啦？你这么做,不是给我添堵吗？

凑巧,这当儿,校长回来了,刚好注意到了才发生的情况。

我慌忙端起杯子,把里面的水倒掉,又跑到水管边,仔细地刷洗了一番,回来了还不忘接着呵斥儿子。我反复对校长说,您要是嫌它脏了,我明天再给您买新的吧？

校长瞧着我儿子,反倒摆着手,很大度地笑着说,你这儿子,真淘气呢。又说,他样子像你,可脾性咋一点儿也不像你呢？嘿,这小子！

回家的路上,我对儿子说,你知道我为什么打你吗？人家管着你爸呢！你爸在人家屋檐下呢。在人家屋檐下就得人家管！

儿子听了,还不解,爸爸,你怎么在他家屋檐下呢？

若干年后,儿子已在一家公司上班,我也退休了。这一天,我想坐着儿子的车到他单位参观。去的途中,偏偏遭遇庙会,车被堵住了。等儿子到了单位,已经迟到。一入门,刚好碰上了他们公司的总经理。总经理见了,毫不客气,当着车里坐着的我,对着儿子就是一通指责。

儿子竟如当年的我一样,很惊慌,很畏惧,他低声下气地请求着总经理的谅解。终于才换来了总经理一句话,下不为例！

当时我觉着很尴尬。事后,我对儿子说,人是有尊严的,他这样待你,还非跟他呀？

儿子说,老爸呀,现在,反正他这儿给的钱多,他骂咱几句就骂几句吧,听着就是。谁让咱在人家屋檐下呢,尊严是个啥啊？

于小同的情感萌芽

初二(3)班的于小同同学的心里最近一直涌动着一种愿望,并且随着时间的推移这愿望还越来越强烈。这愿望就是想跟英语课代表刘芊芊同桌。

刘芊芊因为个子稍矮,再加上老师的宠爱,在前三排偏左的位置上。而于小同呢,同她隔着四排,也就是末二排了。

一段日子里,于小同的眼睛总禁不住瞄向刘芊芊,关注着刘芊芊。他看着刘芊芊哪儿都那么讨人喜欢。头发也美,脸蛋也好看,衣服也漂亮,就连刘芊芊向地下吐口水,他都能感受到一种魅力。以至于上课的时候,于小同没有心思听讲了,常常在想怎么能跟刘芊芊同桌的问题。

终于,在自习课,赶上班主任马老师坐班,于小同站起来向马老师提出了调桌的请求。于小同说,老师,我的眼睛这段日子近视了,真的,我不骗你,我看不清前面黑板上的字呢,把我往前面调一下,好吗?

马老师看着他,沉默了好半天,好像揣测于小同的心思似的,最后说,近视了,你得看医生,配眼镜啊,调到前面去,不还是近视?

于小同的脸瞬间成了红富士苹果的颜色。他吭哧了一会儿,摸着脑袋说,可眼下,先给我调下好吗?

马老师点点头,对全班同学说,谁愿意与小同换座位的,举手。

　　谁知,第一个举手的竟是刘芊芊。刘芊芊说,我换。

　　马老师说,于小同,你到刘芊芊那儿行吗?

　　于小同想,她到了我这儿,我再去了她那儿,还是不能做同桌啊。所以他没吱声,想等着于小同现任同桌的反应。偏偏,这工夫,前三排偏右的同学早又举起手来了。他说,我愿意和小同换。

　　好,班主任马老师当即同意了,说,那,小同,你就到他那位置上去吧。

　　小同看了看,虽然那里和刘芊芊还隔着中间三排,可要是再不答应,恐怕会让人看出自己的真实意图,便扭扭捏捏不太情愿地搬着桌椅过去了。私下里,他悄悄叹着气,心说,没法子,等等再说吧。

　　很快又过了三个星期,这一天,于小同再趁着课间向马老师提出了同样的要求:我总在这边,会变成斜眼的。我想到到左边待段时间,行不行啊?

　　这一次,马老师只沉思片刻,就大方地说,好啊,这样,你们这一组的那边去,他们那一组的这边来,如何?咱们按组动动座位。

　　还没等于小同搭腔,其他同学早喊起来,好!

　　这一次,于小同的算盘还是打错了。

　　于小同决定给刘芊芊写一封信。写什么内容呢?晚上睡觉,他翻来覆去,动着这个念头。上学路上骑着自行车,脑袋里也胡乱琢磨着。到了学校里,上课了,他还控制不了自己的思绪,心儿像那天上的白云般飘啊飘。

　　这天第一堂课上英语课,于小同在自己的课桌上,情不自禁、不由自主地用圆珠笔写下了这样一行字:我爱你——刘芊芊。

　　当时刚巧要下课了,等他清醒过来,晓得自己的行为会闹来笑话的，就慌忙用手捂着去擦。可已经迟了！早被同桌张波看到了。张波站起来，冲着同学们大声喊着自己的发现：刘芊芊，于小同在自己桌子上写字，说他爱你呢！

轰，教室里一下子沸腾了。连刚走出门口的老师也好奇地回头瞧了瞧，但脸上带着笑向办公室里走去了。

你放屁，你胡说！于小同当即发火了，他一边辩解，一边抡起拳头砸向了张波。可张波毕竟孔武有力，只用胖乎乎的大手一挡，于小同便讨不到什么便宜了。张波还笑着继续说，同学们，是真的啊，不信你们来看看，现在，于小同的桌子上还有痕迹呢！

这时候于小同的脸红得成了猪肝样，他一边在阻挡着同学们观看桌上字迹的同时，还特别留意了下刘芊芊。但见刘芊芊并没有气恼，还好像笑着看热闹哩。他的心里才稍微平静了些。

还好，不一会儿，上课铃声响了。教室里安静了下来。

第二节课的课间比较长，是上操时间。一下操，同学们乱哄哄地急着从操场上往教室里走。于小同也混在里面。猛然，于小同感觉到向后晃荡的手被抓住了，还塞了什么东西似的。他赶紧抓住，回头，见刘芊芊从他身边跑过，径直到前面去了。

刘芊芊！她给自己什么了？于小同的心跳一下子加速。他颇紧张地环视了下四周，还好，周围没有人注意到。凭知觉，应该是张纸条。那，纸条上会写了些什么呢？情书？或者一个什么特别约定？哦，一定是刘芊芊也跟自己一样有了那种心思吧？哈，这样看来我们真有缘分呢！在于小同的种种猜想中，一种莫名的兴奋和幸福开始打着滚儿扑过来了。

上面到底写了什么呢？

他手里攥着那纸条，真不清楚怎么坐到自己座位上去的。此时，那纸条对他而言，简直成了一团跳跃的火焰。至于它会不会灼伤自己，实在管不了啦！

课堂上，语文老师讲什么呢？于小同一点也听不见了。他脑子里全是纸条，纸条，纸条。他把攥着纸条的手伸进裤子口袋，轻轻松开，摸索着，能感觉出，那是一张从日记本上撕下来的纸，硬硬的，应该是散发着香味的那种纸啊。它或者是刘芊芊晚上写的日记吧？一定跟自己有关系，要不她干吗给自己呢？

他动了动，想偷看看。可一瞥，见张波斜眼瞅自己，又不敢了，他把手从裤子口袋里掏出来，拿出笔，装模作样地盯着课本。

四十五分钟的课真不知道讲了些什么。老师刚宣布一下课，于小同就往外跑。他要去厕所。他想，厕所里没有人，可以在那里看看。然而，课间时间厕所里又怎么会没人呢？于小同还是挺失望地回来了。

不知道上午的课是怎么熬完的，等于小同骑自行车赶回家，妈妈把饭已经摆好了。那香喷喷的味道袭击着他的味觉，企图勾起他的食欲。然而，今天，那些东西却完全失去了魅力，于小同首先做的事情，是立刻进自己房间。

一进去，他便把卧室门反锁上了。刚锁上，就听见妈妈拍打着门，喊，小同，快趁热吃饭啊。

我不饿！他应着，也不去开门，早心急火燎地趴在床上，摊开了那张纸条，只见上边工工整整写着：上课不专心，就是傻蛋！

山崖上有朵无名花

紫坐着黑的车快到野三坡时,丈夫青的电话追过来了。青问紫中午饭怎么办。紫说,我已经出差到石家庄了,有个交流会要开。青又问,什么时候回来呀?紫一边接电话一边给黑打着手势,示意他不要发出声音,说,估计今晚回不去了,或者明天中午以后吧。紫就听到了青的叹气声,还听到青说,今天可是咱女儿生日啊。紫才有点不忍了,用无奈的语气解释说,没法儿,这个会挺重要——哦,对了,女儿有什么条件你千万满足她……

关了手机。黑夸奖紫,你真会打马虎眼!你怎么不说出来玩了?

紫胀红着脸笑笑。

紫也曾经跟着青来过野三坡。那会儿,紫跟青还是恋人关系。是个春天。中途下起了小雨,迷迷蒙蒙,细细密密,那种很有情调的雨。因为只带了一把伞,他们的距离才靠近了。只是当时,还买不起相机,连张照片也没留下。可那天的情景,甚至连青的一些话,紫还能陶醉着。记得,青套用人家的诗句说,你在风景里看风景,我在风景里看你!记得,青还引用吴均的"鸢飞戾天者,望峰息心;经纶世务者,窥谷忘返"来谈游山之感呢。

当时,紫笑了,紫盯着青问,那,你是鸢呢,还是经纶世务者呢?

青从路边拔了棵顶着小花的草,嗅着,说,我既不是鸢,也不是经纶世务者啊。我是教育工作者,我心在孩子们身上!

你还不如说,你是棵小草,要扎根在这大山里呢。你这话,有点虚伪,可暴露出你没有雄心,没有大志!紫评价说,但你算个有事业心的人,也蛮可爱。

哈,青笑了。

走在百里峡谷中,猛抬头,紫就被旁边几米高处的一朵无名小黄花吸引了。紫说,青,你看,那是什么花?真好看!

青凑近了,抬头望,说,我从来没有见到过这种草,是种无名草吧。无名草开的花咱就叫无名花吧!

你能不能把它摘下来?紫说,我想瞧瞧它……

摘下来?青望望距离头顶几米高的那朵花,犹豫着说,可以吗?

怎么不可以,你又不断根,只摘下一小朵花,我相信山神会慷慨相送的。我想拿回去问问同事们,它叫什么名字,同时也留个纪念啊!

好,我试试。青答应了。

雨还在淅淅沥沥地下着,岩石上有些湿滑。青的脚刚踩到向上的第一块岩石,便滑了下来。

算了,算了!紫赶忙说,万一摔着,就糟了!紫怕了,担心会出什么事儿。

不,我一定要满足你这个最简单的愿望!青来劲了。

在紫提心吊胆的注视里,青小心翼翼地扒着石头,揪着青草,成功地抻下了那朵无名花。终究付出了代价:下来时,青跌了下来。幸亏不是很高,只是把裤子挂破了,胳膊上擦伤流了点血而已。

紫很感动,一个肯为自己付出鲜血的男人,还有什么不值得

依托呢？她摸着青的手臂，感觉跟青的心更近了。

多少年来，那朵无名花始终珍藏在紫的相册里。

后来，紫跟青结婚了，再后来有了孩子。

转眼，十几年就过去了。十几年中，青的同事们转行的转行，做生意的做生意，当官的当官。而青呢，依然是个孩子王。紫看着自己的同事同学们一个个开起了豪车，一个个戴上了金首饰金项链，一个个买了更宽敞更气派的房子。紫的心再也平静不了了。

紫怨青没有本事。紫跟青拌嘴赌气说，我瞎眼了，咋嫁给你这个穷教书的了呢？

紫几次要青带着自己再到野三坡看看，而青总是说，忙，忙啊，孩子们又要升学了，等等吧！

紫说青变了，变得没有情趣了。青说紫变了，变得爱慕虚荣了，喜欢跟人家攀比了！

唉，到底谁变了呢？到底因为什么变了呢？

偏偏，黑又出现了。当年黑也曾经追求过紫，可那时紫心高气傲啊，紫才看不上没有才气的黑呢！

哪知，没有才气的黑，紫看不上的黑，十几年后倒成了紫的领导，当了交通局局长。

紫能感觉出来，黑对自己还没有死心呢。要不，黑怎么会把她调进局长办公室？要不，黑怎么会要了她的 QQ 号，经常悄悄地跟她聊天？要不，黑怎么会放下领导架子，在工作时间，会给她泡上一杯冒着热气的茶？

紫怦然心动了。紫想，黑敢情是个懂情调的人啊！

当黑提出带着紫到野三坡旅游时，紫竟莫名其妙地答应了。当然，紫知道，偷偷摸摸出去意味着什么。

鬼使神差地,再一次走到了百里峡中那个地方。抬头,紫呆住了!原来那种无名的草还长在那儿呢,它比十几年前还多,还粗壮,还美丽了啊!

紫忽发奇想,指着阳光下的一朵黄灿灿的小花,对黑说,它真美,你能不能给我摘下它来?

黑仰头瞅瞅,说,一朵无名花,摘它干吗?到时候,我给你买些更名贵的,好不好?

我只想瞧瞧它啊!紫撒起娇来。

看它?一朵无名野花,吃饱了撑的?黑回应。

无名野花?瞬间,紫又想到了过往,想到了跟青游玩时的快乐时光。

回头,紫发现走路正气喘的黑,正挺着肥胖的肚子,色眯眯地盯着她呢。

霎时,紫仿佛从梦中惊醒了似的,说,这儿,这么多无名的花,无名的草,才成就了独特的美丽啊!我还挺喜欢它们——不行,我必须马上赶回去,给我女儿过生日!

扔不掉的烧饼炉子

刘二曾经卖烧饼的地方,在一所学校的大门口旁,向阳,濒临着省道。隔着省道对过儿是一家饭店。十几年的时光里,刘二和他那个跛脚女人,每天天不亮,便蹬着一辆破三轮,拉着那个已经生着火的烧饼炉子来到那儿。

那儿整日里车辆熙熙,人流攘攘,加上烧饼有特点:个大,香脆,热乎,吃了总让人回味无穷。刘二的烧饼更多时候都要排着队才能买到呢。

女人和面、摊饼、沾芝麻,刘二则用烧铲往炉子里贴、从炉子里揭烧饼。一直是这样。

可猛不丁地,刘二女人不来了,换成了他们初中才毕业的儿子。

开始两三年里,儿子倒也老实听话,跟着刘二来,随着刘二归,不偷懒不耍滑。

谁知,经历了些人情世故后的刘二儿子,帮刘二做着做着烧饼也不安心了呢!这一天,刘二儿子对刘二说,爸,我不能打一辈子烧饼吧,我这么个大小伙子陪着你玩烧饼总不是个事儿吧?

刘二眨巴着那被烟熏了十几年的昏黄眼珠子,一边忙活着,一边惊奇地望着儿子,说,你不做烧饼,莫非你还想当国家主席?

我想盘下对过儿那个饭店,你瞅瞅那边贴出告示了,老板想低价出让呢!

你?就凭你?咱家里倒是攒着点钱的,可那是准备给你盖房娶媳妇的啊,再说也不一定够!

我要是开饭店挣了钱,盖房娶媳妇还用你们管?刘二儿子一副成竹在胸的样子。

刘二见儿子意思坚决,当然高兴,说,行,钱不够,我求爷爷拜奶奶去!

几番波折,刘二儿子还真开了饭店当起老板来了。

让刘二气恼的是,刘二儿子一当饭店老板,就不想让他摆摊打烧饼了。

你不让我们卖烧饼,我们去干什么?刘二说。

天天待着,天天享福成不成?刘二儿子说。

你要是赔了呢?咱一家子喝西北风去?刘二有些气恼了,说。

儿子见劝不动刘二,只好悻悻地先走了。

帮着刘二打烧饼的勾当自然又落在了刘二女人身上。

还别说,刘二儿子确实是做生意的好手,竟把对过儿那个饭店折腾得风风火火,兴隆昌盛。还清了借债,规模还滚雪球般越弄越大呢。

刘二和妻子打着烧饼,看在眼里,喜在心头,都为生了个有出息的儿子高兴啊。

这天,俩人正高兴呢,西装革履的儿子又过来了。

刘二儿子对刘二说:别在这儿给我丢人现眼了!

真给你丢人?刘二问。

当然,儿子说,客人们一谈起卖烧饼的是我爹我妈,你们说,我脸上会光彩吗?

那,我们换个地方成不成?刘二说。

还没等找到合适地方呢,几天后一个早晨,刘二蓦地感到一股子不得劲儿,片刻间,刘二晕倒在地上了。送到医院,一诊断,才知道得了脑梗。

十几天后,刘二出院了。回到家,刘二却感到家里似乎少了什么东西。他转了东屋看西屋,瞧了前院走后院地踅摸着。终于,刘二女人清楚了,说,你不是在找那个烧饼炉子吧?

刘二不转了,望着女人,意思是它到底哪去了。

原来,在刘二住院期间,那个烧饼炉子,刘二儿子已经卖到废品收购站去啦!

等刘二知道了,便急了。他嘟囔着,全然不顾自己还没康复

好,就去推那个脚蹬三轮。

刘二儿子也明白了,那个烧饼炉子不追回来是不成了。

那个烧饼炉子总算再一次摆到刘二面前。刘二上前摸它,说话时,口齿虽不利索了,可意思还是清楚的,他说,阔了,也得给我留着,它是我用三百斤麦子换来的财神爷啊!过年,我还给它上供哩!

刘二一闹病,自然就更管不了儿子了。儿子发财了,和有钱人中一些人交往多了,慢慢沾染了些坏习性:开着豪车闲逛,玩女人,赌博。

赌得大,赔得惨。一夜之间,刘二儿子把现金和财产输得干干净净了,连饭店也抵押了出去。

刘二听说了,气得跺脚,骂着:小兔崽子啊,你知道我那钱怎样不容易吗?那可是一个钢镚一个钢镚攒起来的啊,那可是一个烧饼一个烧饼揉来的啊……刘二说着说着,说不上来了,张着嘴,向着后边扑通跌倒了,死了。

刘二儿子失去了饭店。生活没了着落,怎么办?走投无路的他忽地想起了父亲刘二卖烧饼的日子。虽然艰辛,可终究还是能过日子的。对,卖烧饼啊!

想起了卖烧饼,自然想起了那个烧饼炉子,那个父亲刘二坚决不让当废铁卖掉的烧饼炉子。于是,被遗忘在角落里时间太久的烧饼炉子又被刘二儿子特别关注了,它应该还能用的吧?

去看,才发现它早被风霜雪雨侵蚀得千疮百孔,不成样子了。